有鸽子的夏天

刘海栖 著

山东教育出版社·济南

图书在版编目（CIP）数据

有鸽子的夏天 / 刘海栖著 . — 济南：山东教育出
版社，2019.1（2023.7 重印）

ISBN 978-7-5701-0446-8

Ⅰ . ①有… Ⅱ . ①刘… Ⅲ . ①长篇小说 – 中国 – 当代

Ⅳ . ① I247.5

中国版本图书馆 CIP 数据核字（2018）第 257020 号

YOU GEZI DE XIATIAN

有鸽子的夏天

刘海栖　著

主管单位：山东出版传媒股份有限公司

出版发行：山东教育出版社

地址：济南市市中区二环南路 2066 号 4 区 1 号

邮编：250003

电话：（0531）82092660

网址：www.sjs.com.cn

印刷：济南龙玺印刷有限公司

版次：2019 年 1 月第 1 版

印次：2023 年 7 月第 11 次印刷

开本：889mm×1240mm　1/32

印张：10.375

印数：154001-174000

字数：102 千

定价：35.00 元

（如印装质量有问题，请与印厂联系调换）

印刷厂电话：0531-86027518

关于作家

  刘海栖，山东海阳人，生于武汉。长期从事童书出版工作，编审。曾获首届中国出版政府奖优秀出版人物奖、全国百佳出版工作者、山东省劳动模范等荣誉称号，享受国务院特殊津贴。中国作家协会会员，中国作家协会儿童文学委员会委员。作品曾获第九届全国优秀儿童文学奖、中华优秀出版物奖，入选"大众喜爱的50种图书""国家新闻出版广电总局2015年向全国青少年推荐百种优秀图书"。

给小读者看的序

赵 霞

    亲爱的小读者，当你翻开这本书，你将同时翻开的，是五十多年前的一段时光。

    五十多年意味着什么？

    五十多年前，绝大多数人家没有电视、电话，更不知道电脑、手机为何物。五十多年前，商店里没有琳琅满目的玩具，一个孩子从早到晚，可能都在四处游荡。从现在往后数，再过五十多年，你们诸位，现在的小学生、中学生们，早都长成大人了。我们也很难想象，到那时候，孩子的生活又会变成什么样子。

这么想想，去看五十多年前，跟你差不多的孩子都在想些什么，做些什么，是不是挺有趣的一件事情？

你会看到，那时候的孩子养鸽子，在屋顶上把破布做成的旗子摇得飒飒响。那时候的孩子玩杏核，谁要是拿得出一书包黄澄澄的杏核，就是天下最大的富翁。那时候发大水，大伙儿都赶去洪水里捞"宝贝"。那时候的孩子还制鸽哨，做煤饼子，削木头陀螺……

看着五十多年前的这群孩子，你也许会情不自禁地嚷起来：哇，他们那时多有趣啊！

但读着读着，你一定也会发现，

从那时到现在，尽管过去了五十多年，尽管生活历经巨大的变迁，但总有些什么，让我们觉得既不遥远，也不陌生，甚至是倍感亲切的。

每一个孩子，从过去到现在，都是一样地热爱游戏，热爱生活。

每一个孩子，从过去到现在，都分享着相近的渴望和欢乐。

还有，每一个孩子，不管身处什么样的时代，不论贫穷还是富足，都会遭遇一样的困境——那种让你在一瞬间强烈地感到对世界、对生活无可奈何的困境。怎么看待它，理解它，克服它，跨越它，也是每个孩子都要经历的成长的课堂。

所以，这部小说不仅是在给我们讲一个已经过去的故事。从这个故事里，你还会看到对今天和此刻的你来说同样充满意义的生活的内涵：不害怕的勇气，不孤单的温情，以及，对世界和生活有所道义的信仰。

想想吧，有一天，你的童年也会成为过去的故事。你愿意它成为什么样的故事？你希望这个故事里有些什么？为了这个故事，你会选择什么样的生活呢？

翻开《有鸽子的夏天》，或许你会找到一些闪烁的答案。

（作者系儿童文学作家、青年评论家）

序

赵 霞

　　去年秋天，我在青岛参加一个会议。晚上，一行人坐着车，往青岛老城参观。十月下旬的青岛，空气微寒，我们去看夜色中的圣弥爱尔教堂、安娜别墅、德国水兵俱乐部旧址。我与海栖先生且行且聊。他的谦逊的博识，体贴的照拂，还有爽朗的大笑，融化了秋夜里的寒意。

　　我想起一事，忽问："刘老师，您还准备再写小说吗？"

　　他笑道："嗯，有这个想法，我想写写我的童年。不过，我可能还是适合写童话。"

我没有再问了。在我的脑海里，海栖先生这些年的童话太有个性，太有风格了。想起他三十年前写过的那些儿童小说，倒成了朦胧的记忆。我一时想象不出，他再写起小说来，该是什么样子。

　　会议归来，生活照旧。转眼过了年。二月里的一天傍晚，我正在书房忙着，卫平拿着手机走进来，一脸掩饰不住的兴奋："海栖的小说新作，我刚读了开头，文字好极了。"他顿了顿，又加了一句："可能会是他的一部突破性的作品。"准备发表这部作品的《十月少年文学》编辑部想请他写一篇评论，他第一时间在手机上打开微信来读。我们日常的习惯，分头工作，一般不轻易打断对方。他的兴奋感染了我。我想等手头的事情忙毕，再去看作品，但终于耐不住，把他的手机拿了过来。

　　这么一读，我也给迷住了。有那么一会儿，

我的脑海里只盘旋着海子和他的鸽子的故事，盘旋着山水沟街那一群孩子们叽里呱啦、奔来跑去的身影。

我发现，海栖其实是一个天生的小说家。

一部《有鸽子的夏天》，那样的一气呵成，畅快淋漓。海栖先生把童年生活的滋味简直写绝了。尽管那时的日子还远不能用富足这样的字眼来形容，却不能限制一个孩子创造他的日常生活的想象力和行动力。海子、二米、鸭子、二老扁，养鸽子、玩杏核、抽陀螺、抢菜……那样的推推搡搡、吵吵嚷嚷，却也是那样的欢欢喜喜、热热闹闹。这一群精力过剩的孩子，多么令人头疼，又多么令人羡慕。一看到他们，我们就会想到，不论社会如何演进，生活如何变迁，在历史的角落里，总有一个永远的孩子，在那里不知疲倦地蹦着，跳着，玩着，笑着。

那也是我们每个人心里永远的童年。

我早知道海栖先生擅长很多。在我眼里，他就跟万事通似的，什么都晓得。我喜欢听他谈童书，谈出版，也喜欢听他谈时事，谈文化。我们一起在博洛尼亚参加书展，听他介绍意大利各地的地理、物产、民风，大有意趣。我还知道，他上过体校，进过兵营，打得一手好乒乓球。但是我不知道，他原来还养过鸽子，学过木匠活。他能如数家珍地报出鸽子的各种名号及特征，还弹墨线、使刨子，做过凳子、柜子，居然还组装过收音机。小说里那些旧时童年的游戏，旧时平民的生活，之所以那样眉眼鲜活，神情毕肖，都是因为有他童年时代的亲身经历衬底的缘故。

那是儿童小说创作的一座富矿。

更重要的是，他能用那样清浅自然的语言，把这些记忆里的经验生动地还原出来。说实话，读作品之前，我的心里还是怀有疑虑。我熟悉海栖童话的语体，那种热闹、夸张、充满喜剧味儿的幽默，用在童话里自成一家，别具一格，却恐怕不是最适合儿童小说的语言质料。到了《有鸽子的夏天》，他把小说语言的感觉调得恰到好处，一如他笔下的童年世界，朴素而鲜活，清亮而生动，趣味与幽默都酝酿得恰到好处。神气的二米和他的鸽子群一出场，我们仿佛听到了鸽子翅膀的扑棱声，还有那渐渐地淡远、又渐渐响回来的鸽哨声。在这个由视觉、听觉、触觉、想象等一齐烘托出的画面里，有一种切实寻常而又莫可言状的气息，牢牢吸引着故事里的海子和读着故事的我们。

我想，我们每个人的童年，都曾或多或少地被这样的气息笼罩、浸润。我就几乎迷失在那场小小的杏核游戏里——它是多么亲切日常，多么生气勃勃，又多么滋味无穷。"秋风起了，玩杏核的把戏就结束了。"不知道为什么，读到这样简朴的叙说，我的心里会升起如此强烈的混杂着甜蜜和感伤的情绪。或许，这就是童年，单纯到一眼就能看透，却又总会在舌尖留下一点品咂不尽的滋味，清贫到每个人都能拥有，却又因它的终将逝去而令我们叹惋感怀。

然而，海栖没有让他的笔墨迷失在这样的生活慨叹里。在活灵活现地摹写童年生活情味的同时，他从未忘记身为一个小说家的职责。小说中那些起初看似散漫的细腻、真切的生活片段和细节，都暗暗指向一个更核心的故事，正如所有枝叶的伸展都暗含朝向树干的聚拢。这个核心的存在，将小说的故事趣味推向了更阔远的境界。同时，借助这一故事结构的表现力与表达力，它也使这部作品不仅是对过往童年生活的某种追溯或记录，更构成了对永恒的童年精神命题的一种书写与探寻。

海栖先生是一位写故事的高手。整部小说由鸽子入笔，正写到酣处，却由"所以我觉得养鸽子对我来说是一件很遥远的事情"，一笔宕开，落至闲悠悠的"好在我们有别的事情做"的附笔。就在我们读着那些快乐而迷人的童年游戏、差不多要忘了鸽子这回事时，作家又将它不露声色地忽然端回到我们眼前。我们于此方知，一切闲笔，其实无不在为"我"的鸽子的出场渲染铺垫。二米、鸭子、二老扁、三扁、孔和平、徐小杰等人，各有各的精彩故事，但他们同时也是这场养鸽子、丢鸽子、要鸽子的生活戏剧必要的见证者和参与人。素昧平生的胡卫华，居然会以那样的方式与"我"的生活发生交集，令人慨叹生活本身就是一出传奇。木匠王木根是个非常有"料"的角色。

他赶来要给鸽子笼加门扇的细节，可谓飞来一笔，那种朴拙中的滑稽，滑稽里的庄重，庄重下的感动，令人既忍俊不禁，又愀然动容。还有德惠姨、曲叔，甚至郭一刀的亲家马大嫂，可以说，每个次要或边角角色的出现，都跟"鸽子"有着割不断的关联，都在充满生活滋味的延宕中推动着故事的前行。

这样，主线的故事既被生活的枝叶牢牢地掩盖着，又强大地主宰着这些枝叶的生长。由"我"意外得到鸽子，到学着自己养鸽子，到与伙伴们不无骄傲地分享养鸽的欢乐，再到丢失鸽子，进而想方设法、钻破脑袋地要去讨回鸽子，一个孩子的快乐和忧愁是那样牵动着我们的注意和关切。这其间，许多不经意的叙事伏笔，是要一直等我们读到后来某个重要叙事片段的呼应和揭晓，才带给我们恍然大悟的惊喜。

例如，小说首章这样提到送煤工人赵理践："赵理践长得瘦瘦小小，但力气很大，据说以前当过和尚，练得不吃肉光吃素，拉起车来像老鼠拖木锨。"初读来，这似乎只是充满生活滋味的随手一笔。谁会料到，那句仿佛随口带过的"以前当过和尚，练得不吃肉光吃素"，竟是整个故事中那样关键的一处伏笔，也是其中最重大的那个悬念得以解套的重要支点。没有"不吃肉光吃素"的铺垫，便没有赵理践最后作为解套者的出场。再如，"我"有了两只鸽子之后，伙伴们都不去二米家了，"他们都想到我家里来，用窝窝头召唤我的黑小白和白小黑，叫它们往手上飞。"谁能想到，正是这个小小的欢乐举动，已暗伏下莫测的凶险可能。草蛇灰线，伏脉千里，隐于不言，细入无间，这是极高明的做故事的手法。小说中，这样的叙事伏笔和呼应既巧妙，又自然，从而令整部作品读来充满了故事的愉悦。

我想起去年冬天，在上海童书展见到海栖先生。晚餐前的余暇，我们坐着闲聊，聊写作，聊故事。聊着聊着，听见他叹道："我不着急，慢慢写。书多一本少一本，对我来说不重要。我憋着一口气，一定要写出一个好故事来。"

他真的写出了一个好故事。这个故事之好，不仅在于叙事形式上的"巧"意和"巧"劲儿。其更深厚处还在于，他以这样一个逻辑严密、构架统一的故事，在悬念张力和伏笔照应的趣味里，带我们进一步探向了日常生活、人情、人性以及童年精神的更深远的地带。

小说中，鸽子事件既构成了故事的核心悬念，也导致了一个孩子世界观的危机。如何解除这个危机，不只关系到故事过程的演绎展开，也关系着这个孩子的精神命运。这使《有鸽子的夏天》

带上了些许"成长小说"的意味。成人角色赵理践是帮助"我"度过这场"成长"危机的重要指引人。这个质朴、敦厚的送煤工，用他的善意和温情，像巴西作家若泽·毛罗·德瓦斯康塞洛斯在《我亲爱的甜橙树》里写到的老葡那样，默默关切着贫瘠年代里一个孩子不为人在意的小世界、小生活。他与海子的交往，小说里写得那样简朴平淡，读来却总令人心生暗潮汹涌的澎湃。即使我们的世界永远逃不开物质欲念和丛林法则的纠缠，物质欲念和丛林法则也永远不构成它的全部。赵理践的存在让海子和我们相信，这个世界不是你吃我，我吃他，大鱼吃小鱼，小鱼吃虾米。这个世界真正的道理是：在世俗生活的纷纭甚至不无狰狞的表象背后，有一种朴实无华和良善温厚，可能才是最终决定其运行逻辑的真正力量。

但我们不要以为，这就意味着，一个孩子面

对真实的成人世界和现实生活，全然是无助的，无奈的。在这场成长的考验里，"我"绝不是一个软弱被动的角色。小说临近结尾处，那一段激起"我"最后行动的关于鸽子、赵理践和胡卫华的叙说，读得我几乎热泪盈眶。这里面有属于一个孩子的了不起的情感、意志和行动的力量。尽管他的抗争并未直接解决生活的难题——这是他所处现实的必然逻辑，对这一逻辑的基本尊重，也是儿童小说基本的故事伦理——但谁能说清，郭一刀最后慨然归还鸽子，究竟是完全慑于赵理践"给他送不好烧的煤球"的担心，还是在心里同时也怀着对这样一个由孱弱中爆发出巨大勇气的孩子的认同乃至小小的敬重？

我以为两者是皆有的，证据之一就是那"一小块猪肝"。在我看来，这个小小的、意外的礼物出现在小说的结尾，不但把童年应有的尊严还给了一个孩子，也把日常生活和普通人物应有的人情与人性，多少还给了郭一刀这个形象。

这样，《有鸽子的夏天》最终带我们走出善恶二元的故事与观念模式，走向了现实生活和人性的更为丰繁、复杂、微妙的境况与滋味。它也带我们走出关于童年的太过简单的现实主义模仿或浪漫主义想象，走向了对于功利现实的生活中仍然顽强存在着的一点浪漫的发掘、表现与书写。这点苦涩而珍贵的浪漫，从胡卫华为鸽子流下的眼泪里，从鸭子为父亲砸着杏核的"啪啪"声里，从王木根乒乒乓乓打着鸽笼的身影里，轻轻地浮动着，旋绕着。它让我们看到，生活是艰难的，却也无往而不带着它温暖的底色。

这一点浪漫和温暖，是那充满着烦恼艰辛的生活之所以让人着迷、叫人珍爱的根本所在。

我相信，它也道出了童年之于我们的某种根

本意义。

今年四月，海栖先生带着尚未出版的《有鸽子的夏天》，到红楼来开研讨会。山东教育出版社的编辑们把纸稿装订成册，加了靛蓝的封皮，成了一本漂亮的小书。他给每本书上都题了字："谢谢朋友指正"。

我们七嘴八舌，但是都说，小说写得好。

他却说，我不知道啊，我就这么写了。

大家看着他，像看武侠小说里那些不张扬的主人公，明明功法大成，自己却不知情，一朝出招，举座皆惊。他看向周围，却是一脸的憨然。

这憨然的神情底下，是一个人本性深处的谦逊。

海栖先生的谦逊是真诚的。红楼研讨会上，他说："我就想听批评。那样我才知道怎么能写得更好。"对于我们的意见和建议，不论可行与否，他都欣然纳受。他还爱听大家谈论好书。有一回，我们几人在北京的餐厅，一边坐着等面吃，一边谈起几册好书，一转头，他已在手机上下单，把几本书全买了。他是位极随和通泰的长者，却在写作这件事上，教我看到了他的执念。《有鸽子的夏天》几易其稿，我亲见他怎样为了改出一个满意的片段，自己跟自己较劲。他说，我的最好的写作时间，也许就在这些年，我没有时间好浪费了。我甚少从这位许多人眼里可敬可亲的大兄长身上，见到这样带着庄重忧思的语气和神情。

我说，刘老师，这么写，会不会太自苦了。

他说，没关系，我喜欢。

这无疑是最好的写作状态。我想，它大概也是人生最好的状态。

2018 年 10 月 12 日于丽泽湖畔

目录

给小读者看的序／赵霞　　　　1

序／赵霞　　　　1

1　系红布条的竹竿　　001

2　发大水去捞菜　　013

3　杏核大王　　029

4　赵理践的礼物　　043

5　嘿，我有鸽子啦！　　051

6　二米打我鸽子的主意　　063

7　王木根做鸽子笼　　073

8　黑小白和白小黑　　091

9　鸽哨　　103

10　我的鸽子向往蓝天　　117

11　被人夸是件高兴事　　129

12　鸽子不见了　　139

13　原来是郭一刀！　　153

14　郭一刀不好惹　　169

15　大家出主意　　　　183

16　出了一件蹊跷事　　193

17　派出所捉住了王木根　205

18　肉案子是怎样失踪的　213

19　找个能管住郭一刀的　225

20　谁也不是大炸弹　　237

21　我要救我的鸽子　　247

22　鸽子和猪肝　　　　259

23　鸽哨悠扬　　　　　271

后记　　　　　　　　　281

关于插画家　　　　　　288

绘者的话／王祖民　　　292

1

系红布条的竹竿

是那年夏天的事情。那时我们不怎么上学，有的是时间玩。有段时间我特别喜欢鸽子。

二米是我们街上的养鸽子大王，他比我们大一点。他养了好多鸽子，有十几只吧。他的鸽子颜色多是瓦灰色的，或深或浅，也有黑色的，还有两只绛紫色的，但一只白色的也没有。

二米的鸽子飞起来有一大群，看上去很壮

观。它们以二米家的房子为圆心，转着圈飞。二米在其中一两只鸽子的尾巴上装上他自己制作的鸽哨，鸽子飞的时候，鸽哨就发出昂昂的声音。

鸽哨声随着鸽子远去变得越来越小。

后来又渐渐大起来，那是鸽子又飞回来了。

二米爬到房顶上，咔嚓咔嚓踩着灰瓦上了屋脊。

二米双手举着一根长长的竹竿，竹竿的顶端系着一块肮脏的红颜色破布。他叉开腿站在屋脊上，只要鸽子一飞回来，他就扯开嗓门朝它们吼叫，一边抡动竹竿，那块红布哗啦啦响成一片。

我们在下面仰头看他，觉得二米很威风，他的样子就像电影里攻克敌人碉堡的我军旗手。

那些飞累的鸽子飞到家门口想往下落，可看到下面红旗漫卷，还听到怒吼阵阵，以为来了什么灾难，吓得扑棱扑棱再飞起来去转圈。

他叉开腿站在屋脊上，只要鸽子一飞回来，他就扯开嗓门朝它们吼叫，一边抡动竹竿，那块红布哗啦啦响成一片。

二米告诉我们说，这是给鸽子练翅膀，不能叫它们偷懒，要叫它们不停地飞，鸽子的翅膀硬了，才能飞得高飞得远。于是他和他的鸽子毫不留情地进行搏斗。

二米他妈有时候在底下骂他，她叫二米快下来，说把瓦都踩坏了，说小心他爸把他屁股揍烂。二米家房顶上的瓦早被二米踩碎不少，一下雨就往屋里滴答滴答漏。二米他爸在房顶上盖了一些塑料布、油毛毡和其他什么来挡雨。

但二米不听他妈的话，因为他爸从来不揍他，他妈只是说说而已。他在房顶上又蹦又跳又吼，二米他妈好脾气，叫骂几声就算了。

等二米觉得鸽子飞得差不多了，或者自己累得撑不住了，他才停下来。

那些鸽子就跟头骨碌地从天上落下来。

二米把鸽子都养在他家床底下。我们到他家

看鸽子，如果去得比较早，鸽子还没出去，我们就坐在床沿上等。鸽子先在我们屁股底下咕咕咕咕地叫，又在我们的脚之间出出进进，有时候会把屎拉在我们的鞋上。

刚开始我们不知道鸽子在二米的床底下是怎样住的，因为床底下黑漆麻乌的，从外面看什么都看不见。我们猜想二米的床底下有一些曲里拐弯的洞，二米的鸽子就像老鼠那样住在洞里。后来，二米同意我们钻到床底下去看看，我们就钻进去了。

我们带着手电筒，撅着屁股钻到二米的床底下。

打开手电筒一照，发现鸽子并不是如我们所想住在老鼠洞里，而是住在木板做成的箱子里，箱子上开有小门洞，鸽子就从小门洞里出出进进。

我们从床底下爬出来，互相看看，不由得

哈哈大笑。我们每个人的脸和手都又脏又黑，白衣服也快成了黑衣服。头发上粘了各式各样的东西，有破布头、草屑、枯黄的树叶和烟头……二老扁那次出来，头发上还顶着一只圆圆的大土鳖虫。

二米家不讲卫生，我妈说，他家不会过日子，他爸一发工资就想办法买个猪头熬一大锅，全家吃够，下半月吃窝窝头喝稀饭，用的东西能不置办就不置办，钱全都吃掉。我们住的山水沟街好多人家都这样。

二米家只有一间屋，放两张床。他爸他妈一张，大米下乡了，二米三米四米五米一张，两张床之间用布帘子挡上。再靠墙放上一张方桌和两把椅子，就没什么空地方了。他们家好像把什么东西都放在床底下，装东西的木箱，不用的破烂，洗衣盆，切菜板……连做饭用的煤饼子也放在床底下。

二米家人口多，收入少，为了节约，做饭不烧蜂窝煤，自己做煤饼子烧。山水沟街大多数人家都这么干。

二米家做煤饼子的时候，就把我们叫去帮忙，谁去帮忙，二米就叫谁去他家看鸽子。

我们去煤店排队买煤末子，用地排车运回来。

还去北河边河滩上运来黄土。河滩的黄土细而黏，适合做煤饼。

我们拉着车在马路上飞奔，大呼小叫，引得路人纷纷驻足看我们。

我们把拉来的煤末子和黄土都卸到二米家院门口的路上。

煤末子和黄土还要过一遍筛子，把大的煤石和土坷垃筛掉，然后掺在一起，用铁锹搅拌均匀。

二米他爸指挥着我们干。煤末子和黄土的比

例很有讲究，黄土掺少了煤饼成不了个儿，还出数少，掺多了又不好烧，所以这个环节由二米他爸掌握。

我们把掺和好的煤末子和黄土堆起来，中间挖一个大坑，看上去像月亮上的环形山。再从公共水龙头上用桶提来水，往环形山里一点一点倒水，边倒水边有人用铁锹在里面搅拌，使水均匀地渗进煤末里。煤末渐渐变成糊状。

再用铁锹把这些糊状的东西在地上摊开，抹平，压薄……

最后一道工序，是用铁锹在摊平的煤糊上面划出横的和竖的线，这样才能做出一块一块的煤饼子。

这件事情由二米他爸亲自干。二米他爸拿起铁锹，用铁锹的角在摊好的煤糊上划线。他有力气，能把线划得横平竖直。我们也试过，谁都划不了这么直，划出来的线像逃跑的蛇。

大家干活干得可带劲呢，比在学校里做值日积极得多。煤店的送煤工赵理践有次拉车路过，站在一边看我们干活，他笑着对二米他爸说："这才叫槽里没食猪拱猪！"二米他爸说："可不是！"后来我问赵理践那句话是什么意思，赵理践说，无论什么活只要抢着干就好玩，我这个活就没人抢着干。说完拉着沉重的地排车嘿哟嘿哟地走了，看上去像老鼠拖了个大木锨。

煤饼子摊在地上慢慢晒干。鸽子们会在上面走来走去，还在上面啄东西吃。我们问二米它们吃的什么。二米说，鸽子吃完食还要找小石头子吃，鸽子没有牙也没有胃，靠吃石头子把嗉子里的东西磨碎。

我们很佩服二米，觉得他是真正的养鸽子大王。

等煤饼晒干了，我们就把它们搬进屋里，塞到二米床底下了。用的时候二米家的人从床底下往外掏。

有一天我突然想到，二米的鸽子不一定没有白色的，只是它们老是和煤饼子打交道，像送煤工人赵理践干活戴的手套，说不定那几只黑的原先就是白色的。

我们家不烧煤饼子，烧蜂窝煤。眼下买许多东西都要凭计划，蜂窝煤也是。蜂窝煤烧完了，我就带上煤本去煤店排队买。送煤工人赵理践拉着地排车给我家把蜂窝煤送来。我爸在干校劳动，就我妈和我在家。赵理践每次送来的蜂窝煤都是干透了的，干得像盖房子的砖头，敲起来当当响，我妈每次都夸奖我说，这次买的煤很好烧。

赵理践长得瘦瘦小小，但力气很大，据说以前当过和尚，练得不吃肉光吃素，拉起车来像老鼠拖木锨。他戴着手套，用木头板端着一大摞蜂窝煤往我家里运。他的工作手套开始是白的，后来越来越黑。二米的白鸽子可能就这样。

那时我也挺想养鸽子的。但我不知道能从哪里找到鸽子，我试着问过二米，我说等你的鸽子下蛋孵了小鸽子，能不能给我……我还没把话说完，二米就像看怪物似的拿眼睛瞪我，对我说，你能养得了？你养不了，没门！所以我觉得养鸽子对我来说是一件很遥远的事情。

好在我们有别的事情做。

2

发大水去捞菜

　　现在是夏天，有时候会下大雨。我们城市的地形南高北洼，南部是连绵起伏的南山，北部是淌着黄水的北河。听老人说，我们住的这条街最早是一条泄洪沟，它从南边的山上通到北边的河里，下大雨发洪水，就顺着这条沟淌下来，流进北河里。沟的北头建有铁路货场，那些给货场干活的人慢慢集聚到沟边，盖上房子，泄洪沟逐渐成了一条街，起名叫山水沟街。尽管成了街，但洪水可不管这些，依然走它走惯了的路，每当下大雨，南山下来的洪水就冲过来。

洪水像一只长了许多脚的大蜈蚣，一路走下来会顺手带走许多东西，所以，一来洪水，我们就冲到街上去，拦截捞捡我们认为有用的东西。

二老扁的爸爸就在水里捞起过一顶三块瓦的棉帽。他把棉帽晒干，一到冬天就戴上，两个帽耳朵耷拉着，随着他的脚步一颠一颠，看上去像猪头。直到现在他还在戴。

喜欢打乒乓球的孔和平在水里捞了块五合板，请木匠王木根做了个乒乓球拍，整天把拍子别在屁股后面的腰带上炫耀。

二米则专门捞油毛毡和塑料布。油漆桶的破盖子他也要，有时候也发动我们一起捞，捞回去堆在院子里，用来盖被他踩碎瓦的房顶。我猜要是鸽子懂事的话，从天上看下来，肯定认为他家的房顶像老太太用碎布头糊的做鞋用的袼褙。

实际上，还有些更好的东西，我们都得不到。在我们山水沟街的上头，有一个家具厂，家具厂做家具用剩的边角料就堆在院子里。一下大雨，那条"大蜈蚣"就把爪子伸进家具厂的院子，抓一把东西带走。

我们街上住着一位叫王木根的人。王木根会木匠手艺，看起人来眼睛发直。大人说他精神受过刺激，叫小孩都离他远点。其实王木根待人很和蔼，也没见他把别人怎么样过，我们不躲他。

一下雨，王木根就从家里出来，站到街当中等洪水。

洪水哗哗地来啦！

王木根把两臂张开，膝盖弯曲，扎好马步，稳稳地半蹲在洪水里，看上去像摸鱼佬。

王木根仔细地辨别从上游漂下来的东西。

其他东西都不要，他只要木头。

只要看见有木头漂下来，他就像渔夫看见大鱼，立刻扑过去。

他的身子底下迸起巨大的水花。

他左边一扑，右边一扑，捉住许多木头。

王木根把捉回去的木头又锯又刨，做成家具。

他要做一套家具准备娶媳妇。

眼下木材很不好搞，即使有钱没门道也搞不到，况且王木根既没钱又没门道，所以只好到水里捞木头用。

人家问他家具做得怎么样了，他笑眯眯地说，快啦快啦，脸盆架打好了，床头也打好了，板凳也打好了，现在准备打大立橱啦！

在我们山水沟街的上头，还有一个菜场。"大蜈蚣"来的时候，也会从菜场里顺手捞一把。

菜场没有专门的储藏仓库。菜运来后，就卸在当街，青菜一堆，萝卜一堆，黄瓜一堆，西红柿一堆。再由售货员把菜搬进屋里，放到货架上。

如果这个时候下雨了，那些售货员就跑去躲雨。没搬进屋的菜就堆在屋外。

洪水下来了。那条"大蜈蚣"跑过来，顺手抓走一些堆在屋外的蔬菜。

我们可高兴呢！

我们等在菜市场出口的那条横街上，看上面会漂下什么来。

漂过来几根菠菜，我们不要！

几根葱，我们也不要。

漂过来几个水萝卜，那我们就上去抢，抢到就啃！

又漂过来一个茄子，也要，茄子生吃也好吃。

过来的是辣椒，这个不要……

嘿，红红的西红柿漂来了，这是我们最喜欢的东西。酸酸甜甜的西红柿，吃进嘴里简直美死啦！

就是因为这个，我们格外盼望下雨发洪水！

可是这事后来叫二老扁搅黄了。

二老扁大名叫陈德新，他的后脑勺平得像一块菜板，我们都叫他二老扁。二老扁老家是东北的，人家说东北都兴把孩子的头睡扁，所以二老扁和他弟弟三扁的头都是扁的。

二老扁喜欢在街上乱涂乱画，他兜里老揣着一支从学校带出来的粉笔，走到哪里画到哪里，今天"打倒"这个，明天骂骂那个，相应的还有一些鬼画符样的图画，山水沟街的墙上都快叫他画满啦，连派出所的大门上都给画了，叫派出所的同志狠狠教训了一顿！

二老扁家生活很困难，他们弟兄上学的时

候，是免交学杂费的，因为他家里人均一个月不到八块钱。他爸原先干运输队，就是拉着地排车给货场运货，有一次出了工伤把腰砸坏了，不能干活了，就靠二老扁他妈在家糊火柴盒挣点钱。二老扁弟兄俩的棉袄都是他妈自己做的。春天从里面把棉花掏出来当夹衣穿，过完秋天再往里面絮上棉花，又成棉袄了，一件衣服穿三季。

二老扁懂事，知道家里困难，就想办法帮家里省点。

有一次，二米家做好煤饼子。煤饼子摊在地上晒，快晒干的时候，突然发现少了两排。

二米很生气，就到处问叫谁偷了。

有个孩子跑来告密，说头天晚上看到二老扁和三扁过来，从地上抠下煤饼子跑了。

二米很生气，去找二老扁，我们也跟着去看热闹。

二老扁当然不承认拿过二米的煤饼子。他把二米领到他家的煤池子旁边，叫二米查。二老扁家也烧煤饼子，煤饼子放到这个砖垒的煤池子里。二老扁说随便找，如果找到他情愿从二米的裤裆里钻过去。

我们凑过去，见煤池子里面都是煤饼子，心想这到哪里找去，煤饼子还有两样的？

谁知二米还真就找，他弯下腰在煤池子里扒拉。

他扒拉来扒拉去，拿出一块煤饼子，杵到二老扁面前，说这是不是？

又扒拉出一块，又杵给二老扁看。

二老扁梗着脖子，理直气壮地说，你凭什么说这是你的？凭什么？你叫它它答应吗？你叫叫它……

我们也想，对啊，煤饼子都长一个模样，二

米凭什么说这是他家的煤饼子？

二米却说："我不用叫它！"他指指那两块煤饼子："看看这是什么？"

二老扁的脸一下子红了。

原来，那两块煤饼子上都清晰地印着脚印，鸽子的脚印！

这个二米！

二米在煤池子里扒拉了一阵，把上面有鸽子脚印的煤饼子都扒拉了出来。

二老扁的弟弟三扁年纪小，没弄清楚其中的奥妙，犟嘴说干吗拿他家的煤饼子，不许拿他家的煤饼子！二老扁推他一把不让他说了。

后来二老扁给我们说，他哪想到二米还能认识他家的煤饼子啊！为了以防万一，当时把煤饼子弄回来后，他还把它们都混到其他的煤饼子里，谁知真叫二米给找出来了。

不过二米没有叫二老扁钻他的裤裆，他踹了二老扁一脚，叫我们搬着煤饼子跟他走了。

可是回到家，二米一跟他妈说这事，他妈立刻把眉毛竖起来，厉声叫二米把煤饼子再送回二老扁家。我们只好又嘿哟嘿哟把煤饼子搬回去。

二米他妈还叫二米顺便捎了两个窝头给二老扁和三扁。

一下雨二老扁也往街上跑，但他不像我们是为了玩。他和弟弟三扁每次出动，一人手里都提个篮子。弟兄俩在洪水里和我们比赛，大家你追我赶，都想抢到前头去，谁抢到前头当然就能抢到最好的菜。

我们是边吃边抢，而他们兄弟是光抢不吃，所以他们很容易地就把两个篮子装满啦！

这可为二老扁他妈省了不少菜钱。

又下雨发洪水了，二老扁还是和我们你追我

可是回到家，二米一跟他妈说这事，他妈立刻把眉毛竖起来，厉声叫二米把煤饼子再送回二老扁家。我们只好又嘿哟嘿哟把煤饼子搬回去。

赶交替前进，一个不注意竟冲出了横街进了菜场。

菜场入口处是国营肉店，肉店的职工郭一刀那天把肉卖完了，正站在门口看大水，忽然听到那边闹嚷嚷的，打眼一看，发现了我们的这出戏。他扯开嗓子一声怒吼：

"呔！你们这帮小坏蛋！"

我们都特别害怕郭一刀，听他一喊，撒腿就跑。

郭一刀在后面朝那些卖菜的喊：

"喂，你们这些卖菜的，水把菜都冲走啦！"

从此，再下雨我们就很少能见到那些可爱的玩意啦！原来，只要一阴天，那些菜堆便被售货员用砖头围上一圈。这样，再大的"蜈蚣"都很难再把菜带走。我们失去了很大的乐趣。

我们都很痛恨二老扁，要不是二老扁跟我们抢，怎么至于叫郭一刀发现，然后告诉卖菜的呢？不过我们又想，反正二老扁也捡不到菜了，他妈又要掏钱买菜了，他一点儿便宜也没占到，我们于是心又安了。

可事情根本不是我们想的那样。有一天，二老扁突然进了派出所，因为他作了一个案。

这天看到快下雨了，他和弟弟三扁又去了菜场。

趁售货员都回屋避雨，他们跑到菜堆前，悄悄地扒掉了几块砖。

西红柿和茄子堆多扒掉几块砖，菠菜堆也扒掉一块。水萝卜堆不用扒，二老扁他爸不喜欢吃水萝卜。辣椒堆多扒掉几块，二老扁他妈喜欢吃辣椒，茄子炖辣椒别提多美味啦！

兄弟两个去横街的街口等着。

下大雨了，"大蜈蚣"来了。没人和他们抢，二老扁和三扁把篮子装得都冒尖啦！

......

二老扁自以为高明，其实不然，他的行径早被距离菜堆很近的肉店职工郭一刀从窗户后面看到了。又要下雨了，二老扁如法炮制。郭一刀和菜店的革命群众一起，把二老扁和他弟弟三扁当场拿下，扭送去了派出所。

派出所的同志是第二次见到二老扁了。上一次是因为在派出所的门上乱写乱画，这次又是干了什么呢？郭一刀他们揪着二老扁和三扁的耳朵说他们干嘛干嘛了。派出所的同志把二老扁和三扁的耳朵从革命群众的手里拔出来，对二老扁兄弟俩进行了一番必要的教育。又告诉郭一刀他们，说两个小家伙这种行为虽然不好，但还够不上盗窃，因为毕竟没有直接从菜堆里拿啊，就把他们放了。

出了派出所，郭一刀觉得不解气，他拽过

二老扁和三扁，把小黄瓜般的中指和大拇指圈起来，啪啪，弹了他们每人脑门上一个"栗疙瘩"，把他俩疼得哇哇大哭。

　　二老扁从此对郭一刀记了仇。

3
杏核大王

做什么事情都有大王。养鸽子有大王，养鸽子大王是二米。抢菜大王是二老扁。玩杏核也有大王，杏核大王是鸭子徐善明。徐善明走路外八字，一跛一跛的，看上去像鸭子走路，大家就叫他鸭子。

夏天稍晚些时候，杏子下来了，我们就开始玩杏核。

我们喜欢一种叫作"隔山打虎"的玩法。两个人各出同等数量的杏核，通过剪刀包袱锤决出先后，先行一方把杏核撒出去，另一方从中挑出他认为排列难度最大的三颗杏核留下。先行一方用大拇指挑弹第一颗杏核，越过第二颗杏核，去击打第三颗杏核。第一颗杏核不能碰到作为障碍的第二颗杏核，如果碰到就算输了。击中第三颗杏核就算赢了，赢者通吃。要是没有击中，就换对方击打，以此类推。

鸭子徐善明厉害极了，见谁赢谁，因为他有一件与众不同的"武器"。

鸭子右手拇指上的指甲留有一寸多长，用剪刀修成铲状，铲子头很尖，还往上翘出一个漂亮的弧度，通体看上去寒光闪闪，像是在工厂里用不锈钢车出来的。

有了这么个玩意，鸭子无论碰到多么难对付

的局面，只要那杏核边缘距离地面留出一个指甲厚薄的缝隙，他把怪指甲往缝隙里小心翼翼地塞进去，再用食指捏住拇指一挑，那杏核竟能垂直地飞起来，越过障碍，去击中目标。

我们也想弄这么一个武器，有人倒是费尽辛苦，不啃不咬，真的把指甲留了那么长，也修成了那样的形状，但无奈指甲长了，不是变脆就是变软了，搞不好还会劈了，尤其弄不出那个弧度来。许多人找鸭子问，是用什么手段把指甲搞成那样，里面有没有诀窍，但鸭子对此守口如瓶，跟谁也不说。

所以在整个山水沟街，只有鸭子有这种古怪的指甲，那是真真正正的独门暗器。

我们街上到处都是一堆一堆撅着屁股头挤在一起的家伙，那都是在玩杏核的。鸭子像一只狼一样，在街上逡巡，他噗噗地喷着鼻子，闻着味道，瞅准了就猛扑过去。

鸭子就这样，一点一点地把大家口袋里的杏核掏得一干二净，毫不留情！

我们街上的小孩，只要碰到鸭子徐善明，没有一个不输得精光的，就像刚刚从娘胎里来到世界上！

令人费解的是，即使鸭子赢的杏核堆积如山，他也从来不会送给别人一颗，甚至没人能从他手里借出一颗杏核。在这个问题上，他是一个最最小气的守财奴！

发生过这么一件事。

一传十，十传百，鸭子玩杏核的名声逐渐传到外面去啦！

有一天，有人就找上门来挑战。

此人名叫孙建国，他斜挎着一个鼓鼓囊囊的书包，哗啦哗啦地来了。

孙建国把书包打开，我们都伸头去看。

哇！所有人都情不自禁地叫了一声。

那个书包里装了满满一书包黄澄澄的杏核！

太阳光正好照在杏核上，那堆杏核像金山似的，唰唰地放射出耀眼的光芒，简直亮瞎了我们的眼睛！

我们都带着崇敬的心情打量孙建国。我们觉得这个大个子就是天下最富有的大富翁。

知道孙建国为什么有这么多杏核吗？

因为他爸爸是红星罐头厂的！

红星罐头厂主要产品是水果罐头，红星牌糖水苹果、红星牌糖水黄桃、红星牌糖水鸭梨等等。罐头厂在我们城市大名鼎鼎，谁要是去走个亲戚，去医院看个病人，提上两罐玻璃瓶上贴着花花绿绿标签的红星牌水果罐头，再带上一包黄表纸包好的桃酥蜜三刀，那是非常有面子的事情。

罐头厂的产品与季节有关。下来苹果就生产苹果罐头，下来黄桃就生产黄桃罐头，下来鸭梨就生产鸭梨罐头。现在这个季节正是红星罐头厂做糖水杏子罐头的时候！

二米的小弟弟五米从来没见过这么多的杏核，他伸手想去摸摸。和孙建国一起来的两个家伙呵斥了一下，五米吓得一下子缩回手来。孙建国却豪爽地抓了一把杏核塞给五米。五米高兴得什么似的。

我对孙建国心生好感。

然后就开始比赛。

孙建国肯定不是拥有魔鬼指甲的鸭子的对手，逐渐地，他书包里的杏核越来越少，鸭子衣服口袋越来越鼓。

鸭子回了一趟家，拿回来一个空面口袋，把赢来的杏核装在面口袋里。

鸭子回了一趟家，拿回来一个空面口袋，把赢来的杏核装在面口袋里。

……

孙建国终于输掉了最后一颗杏核。

鸭子站起身来，拍拍手上的土，把那个鼓鼓的面口袋扛在肩上，准备回家。

"先别走！"孙建国叫了一声，我们发现孙建国眼睛红得像兔子，他对鸭子说，"你不能赢了就走！"

"那继续来啊！"鸭子说话很怄人。他朝孙建国脚边指指，那个空空的书包瘫在那里，像一个被放完气的轮胎，也像一个泄了气的蛤蟆。

"你先借我，"孙建国涨红着脸说，"我明天就还！"

"不借！"鸭子说。

"借一还三！"孙建国把鸭子拉住，"行不行？好借好还，再借不难……"

"不行！"鸭子很干脆。

"那就还六！总该行了吧，你这个强盗！"孙建国叫起来。

我们觉得总该行了吧？借一还六啊！多上算的买卖啊！

这个孙建国，毫无疑问是天底下最最富有的大富翁！

我们都准备好看鸭子继续赢下去，我们觉得鸭子今天要发大财啦！

"不借！"可是鸭子这个傻瓜说。

我们对鸭子的回答很吃惊，这么便宜的买卖为什么不干？二老扁拉拉他的衣服，问他干吗不干。

鸭子回头小声对我们说："万一输回去呢？"又补充一句："就是赢了也没地方找他要去啊！"

"借吧！"孙建国可怜巴巴地说，"借一还……"

"我说了不借！"鸭子非常干脆，"有就玩，没有就算！"

"你这个……"孙建国气得不知道说什么好了，他扭头看看，"我刚才还给他一把……"孙建国指着五米说，五米赶紧把自己的口袋捂住。

"那你问他要好了。"鸭子冷冷地说。

"把杏核给我用一下好吗？"孙建国好声好气地对五米说，"算借，我接着还……"

孙建国话还没说完，五米拔腿跑了。

"真奸！"孙建国气得大叫。

鸭子扛着口袋也走了。

"真奸！"和孙建国一起来的那两个，也冲着鸭子的背影喊起来，"真奸真奸！"

我们那里把小气叫作奸，是很不好听的话。

按说外面的人来到我们山水沟街，如果欺负我们的人，哪怕只是骂我们的人，我们也会一起帮自己人的。不过今天鸭子这个表现，实在叫我们丧气，我们大家都没动，袖手旁观。

孙建国气炸了，他蹦起来，向鸭子扑过去。

鸭子吓得紧紧抱住鼓鼓的面口袋。

孙建国和鸭子就争夺起面口袋来。

孙建国个头儿比鸭子高一截，力气也大，撕扯之中很快占了上风。鸭子的头上挨了他好几拳，但鸭子像一只咬住东西的小鳖，他低着头，死死地抱着面口袋不放。

"干吗！干吗干吗！"我们突然听到有人喊，"谁打架，快松手！"

我们扭头一看，是送煤球的赵理践来了。

孙建国和鸭子把那个装满杏核的面口袋扯碎了，黄澄澄的杏核稀里哗啦地撒了一地。

鸭子哇地哭起来。

赵理践停下车跑过来，朝孙建国的屁股上来了两脚。他见不得以大欺小这种事情。

孙建国也哭起来。

鸭子边哭边去捡他的杏核。

我们于是就散了。

……

秋风起了，玩杏核的把戏就结束了。

有一天，我妈擀饼没擀面杖，叫我去鸭子家借。

我一进鸭子家门，见鸭子坐在那里，用锤子啪啪地砸杏核。

墙角堆着一堆杏核，看上去像一座小山。我想，这里面有我不少呢！

鸭子把敲出来的白白的杏仁放进面前的瓷盆里，瓷盆里已经有大半盆杏仁了。

我知道鸭子他妈又要腌杏仁咸菜了。鸭子他妈特别会腌咸菜，她把夏天吃剩的西瓜皮都留着，碰到谁吃剩的橘子皮也不放过，都攒着腌咸菜用。她腌的咸菜非常好吃，连那个卖肉的郭一刀都来找她要咸菜，说鸭子他妈腌的咸菜又下饭又刮油。不过干吗要腌这么多杏仁咸菜呢？我觉得再好吃鸭子家也吃不完呀！我就问鸭子。

"给我爸捎去。"鸭子抬头看看我。

"我们家善明真不赖！弄回来这么多杏核，"鸭子他妈正在刷腌咸菜用的粗瓷坛子，她指指那堆杏核山，"去年腌好了给他爸捎去，他爸说他们队上的人都爱吃，叫今年多腌点，我还发愁到哪里去弄这么多杏仁呢！他爸那伙人有口福啦！"

鸭子的爸爸是开卡车的司机，过去给铁路货场运货，现在支援大三线建设去了陕西，很难得见他回来。

啪！啪！啪！……

4
赵理践的礼物

那天我正在街上走着，忽然听到后面有人叫我。

我回头一看，是送蜂窝煤的赵理践。

赵理践停下车，用手背擦了擦额头的汗。"海子！"他对我说，"干吗去了？叫我一通找！"

我问他找我干吗。

赵理践从地排车车把儿上解下一个花布包，

他平常用这个花布包装午饭。赵理践笑着说给我一个礼物。

我心想，会是什么礼物？伸手去接。

可赵理践却把花布包藏到身后，叫我猜，还说保证我高兴。

"烧饼！"我说。

赵理践单身一人，用不着养家，吃得起烧饼，他经常买烧饼吃，也顺手把烧饼送给他喜欢的孩子吃。

可赵理践摇摇头。

"杏核！"赵理践给过我一些杏核，他知道我需要杏核，吃完杏就把杏核攒着给我。可能赵理践还不知道杏核已经对我们失去了吸引力。

赵理践又摇摇头，他笑得更开心了。

我使劲想。

"那就是老牛！"我叫道。

老牛就是陀螺，我们都把陀螺叫作老牛，老牛要不停地用鞭子抽，否则就不动弹。

冬天我们都玩抽老牛，在柏油马路上用鞭子抽老牛，多冷的天很快就出汗，还可以用老牛斗架赢点什么。

赵理践每年送我一个他做的老牛。

赵理践做的老牛实在棒，个头又大，形状又圆，看上去像一个大窝窝头。尖尖的顶端装有钢珠，只要抽上一鞭子，你跑去上个厕所回来都不倒。我也试着做过老牛，找根树枝，又锯又削，还跑到修自行车的朱老二那里要个钢珠，用补轮胎的胶水粘上，看着像一根用了很久的铅笔头。用鞭子一抽，这个"铅笔头"歪歪扭扭地开始转，还没来得及抽第二下，就像个见了风的醉汉似的，晃晃悠悠歪倒了。我捡起来一看，那个钢珠早不知道跑到哪里去了。

我问过赵理践，他的老牛是怎么做的，我怎么做不出来。

"哈，你当然做不出来！"赵理践告诉我，他有个同学在木器厂上班，专门做线轱辘。他去了找块合适的木头，在做线轱辘的车床上一车，就车出来了，滴溜圆。

我又问钢珠怎么粘得这么结实。

赵理践说，得用"502"。

我很长时间都不清楚"502"究竟是什么。

总之，赵理践给我做的老牛特别棒，和别人的老牛斗，一膀子就把别的老牛撞飞了，赢起来十拿九稳。

没多久就要到抽老牛的季节了，我猜得准没错！

"老牛！拿来吧！"我冲赵理践伸出手。

谁知赵理践笑笑还是摇头！

冬天我们都玩抽老牛，在柏油马路上用鞭子抽老牛，多冷的天很快就出汗，还可以用老牛斗架赢点什么。

"再猜！"

"不猜了！"我说。我装作生气的样子，噘起嘴，扭头要走。

"好吧好吧……"赵理践倒哄起我来，他对我们可好了，他才不像有的大人，以为自己了不起，老是捉弄别人，他从来不。"你看这是啥？"

他把花布包递过来。

"哇！"

我大叫了一声。

知道我看到什么了吗？

花布包里，有两个灵活的小黑脑袋，小小的黑脑袋上，四只圆圆的眼睛滴溜溜地盯着我！

是鸽子！

我抬头看赵理践。

他正冲我笑呢，白白的牙齿放着耀眼的光。

"给我的？"我问赵理践，我简直不敢相信。

"不想要？"赵理践冲我眨眨眼。

"太好啦！"我大叫起来。

5

嘿，我有鸽子啦！

赵理践从花布包里取出那两只鸽子。

两只鸽子都用手帕包好了，只有脑袋露在外面。

我接过鸽子的时候感觉手都抖啦！

我把鸽子包举到脸前。鸽子用它们那精巧得像宝石的眼睛打量着我，"宝石"里闪着胆怯的光。

我问赵理践这两只鸽子是从哪里来的。

"取水巷知道吗？"赵理践说，"有家养鸽

子的……"

"知道知道!"我说,"是不是胡卫华?"
难道是胡卫华的鸽子?

"没错!"赵理践说,"就是胡卫华,是他
的鸽子,我老给他家送蜂窝煤。"

我差点没叫出声来。

取水巷的胡卫华养鸽子大名鼎鼎,连二米都
羡慕。

二米说,胡卫华养的鸽子那才叫厉害,他有
马头信鸽,有墨雨点,有大鼻子,还有五个爪的
点子。有些鸽子还上了铁脚环,脚环上打着编号。
这种鸽子是在鸽子协会登记过的,还去参加过比
赛,出去放,能从海边回来!

我们都说:"哇!"我们这里离海边好几百
里路呢,真不得了!

我们央求二米:"哪天带我们去胡卫华家看

鸽子吧！"

"那没门，"二米摇摇头说，"一般人可去不了！"

我们只好自己到取水巷胡卫华家去看，但只是在大门口怀着崇敬的心情张望一下，就像看郊区那个军队的仓库。他家院子的两扇大门始终关得紧紧的，我们听得见鸽子在墙里面咕咕叫，有时也扑扑啦啦地飞起来，在天空绕圈。我们都在心里猜院子里面是什么样子。

我们当中只有二米去过胡卫华家，二米想用鸽子去换胡卫华的鸽子蛋，回来自己孵，但胡卫华不干。

"胡卫华家真阔气！"二米表情夸张地说。我们那里把家里富裕叫作阔气。前些日子，我在南方的舅舅到商店排队买了一件的确良衬衫捎来，天蓝色的，我穿上去二米家，他们就撇嘴说我真阔气，吓得我赶紧回家脱了，还是穿我的跨栏背心。我们大家都穷，怕别人说自己阔。"知道吗？"二米咽了一口口水说，"胡卫华专门有一整间房子养鸽子……"

我们都惊得吐舌头，这果然阔气。我们山水沟街上的大多数家庭，都是一大家子人才住一间房子，有的人的房子还是用碎砖头和油毛毡自己搭的，连窗户都没有。还有一户人家的屋子中间长了一棵树，他们家是就着这棵树把房子搭起来的。

二米对我们说，那天他都看花眼啦，胡卫华的鸽子简直太多了，多得像养鸡场里的鸡！

二米还说胡卫华给他看了一对最珍贵的鸽子，据说是苏联红军军鸽的后代……

"吹吧！"打乒乓球的孔和平嘟囔了一句。

"你懂个茄子！"二米瞪了他一眼，"就是苏联红军的军鸽，我一看就知道，要不然怎么是大鼻子蓝眼睛？外国人都是大鼻子蓝眼睛！"

　　我想，鸽子倒的确是有大鼻子那种，可是人鼻子是人鼻子，鸽子鼻子是鸽子鼻子，它们有什么关系？不过我没吭气。

　　"胡卫华他妈见我来了，"二米接着说，"老太太还拿桃酥给我吃，还说留我吃晚饭……"

　　"又吹了！" 孔和平又嘟囔。

　　二米生气了，踢了孔和平屁股一脚，说滚！

　　我们都知道二米好吹牛，除了是养鸽子大王，他还是吹牛大王。

　　"可胡卫华怎么舍得把鸽子给你？"我心生疑惑，就问赵理践。

　　"哦，"赵理践把花布口袋收好，说，"他家出身不好，街道上不叫他们在城里住了，要他们回农村老家去，鸽子就不能再养了……"

　　我明白了，这是这些日子常有的事情。

"我不是老给他家送煤吗？"赵理践说，"听说他要把鸽子送人，就赶过去了！"赵理践朝我眨眨眼："够朋友吧……"

赵理践真的没话说。

赵理践继续说，他知道我的来意后，说我来晚了，说要是早点来，还可以给我几只信鸽……

"是不是苏联红军的军鸽？"我已经从鼻子上判断出来，我拿到的不是二米说的苏联红军的大鼻子军鸽，这两只鸽子的鼻子都很小巧，所以我还是好奇苏联军鸽的下落。

赵理践摇摇头说不知道，说胡卫华说大部分鸽子都叫别人拿走了，这两只你养着合适……

"那这两只鸽子是什么品种？"我看看两个小小的黑脑袋，问赵理践，"他说没说？"虽说只要是胡卫华的鸽子，准错不了，但我还是想弄清楚。

"你看我这记性！"赵理践说，"他倒是说了来着，可我没记住，不过我一看胡卫华的样子，就赶紧走了……"

"他怎么啦？"我忙问。

"胡卫华从鸽笼里拿出这两只鸽子，"赵理践神色黯然地说，"我看见他的眼泪都下来了！"

赵理践说的我信。

"胡卫华找了两个手绢，把鸽子包好，他把它们交给我，胡卫华还对我说，请告诉养它们的人，喜欢它们就要保护它们，一定要好好照顾它们！我说放心吧，你的话我会转告他的！就是你哦海子。"赵理践拍了拍我的肩膀，"你一定要好好照顾它们！"

我点点头，我默默地在心里对自己说，我会的，我肯定会好好照顾它们，我保证！

我低头看那两只鸽子，它们脖子一转一转，

眼珠滴溜溜地打量着我，好像在对新主人期盼着什么。

我拿着鸽子撒腿就跑。

跑出去好远，又停下来。

我转过身去。

我看见赵理践朝我摆摆手。他套上地排车的绳套，往手上吐了两口口水，按住车把，用力一撑，把地排车压下来。他拉起装满蜂窝煤的地排车，慢慢地走了。

我突然想到一个问题，赵理践是怎么知道我想要鸽子的呢？

我仔细想了一下，觉得可能是这么回事。赵理践老来山水沟街送蜂窝煤，时常路过二米家，他总见我们聚在那里看二米的鸽子，知道我们都喜欢鸽子。有一次，赵理践给我家送蜂窝煤，卸完煤后，我妈照例请他到家里坐坐歇口气，喝点

他套上地排车的绳套，往手上吐了两口口水，按住车把，用力一撑，把地排车压下来。他拉起装满蜂窝煤的地排车，慢慢地走了。

水。赵理践怕把我家的东西弄脏，搬一个小马扎坐到门口，喝着水和我妈说说话。我正好从二米家看鸽子回来，我又给我妈说我想养鸽子——这事我给我妈说了不下一百遍——可能就被细心的赵理践记住啦！

6
二米打我鸽子的主意

我拿着鸽子包直接去找二米。我急不可耐。

我要叫二米帮我看看这两只鸽子究竟是什么品种。

二米正站在房顶上，摇着系着肮脏红布条的竹竿，起劲地轰他的鸽子。

三米四米五米他们在院里玩。

我大声叫二米。二米说：

"干吗干吗？没见忙着来吗！"

"你看！"我举起鸽子包叫他看。

二米伸着脖子朝下看看，不屑地说："鼻泡很小，嘴巴长，就是普通的菜鸽子！"又继续抢他的竹竿。

我对二米喊：

"这是胡卫华的鸽子！"

"谁？"

"胡卫华！"

竹竿从二米手里飞了出去。

见没了可怕的红头发妖怪，那些鸽子噼里啪啦从天上掉下来，跌到房顶上。这些懒家伙！

二米甩开大步从屋脊上往下跑。

房顶上发出喊里咔嚓的响声。

咕咚一声，二米一声尖叫，他一下子矮了半截，原来他把房顶踩了个洞，一条腿陷下去啦！

碎瓦片像夏天的雨水那样，从房上稀里哗啦

咕咚一声，二米一声尖叫，他一下子矮了半截，原来他把房顶踩了个洞，一条腿陷下去啦！

地冲下来。

三米四米五米他们正在房檐下面尿尿和泥巴玩，五米头上挨了碎瓦片的砸，他捂着脑袋哭起来。

三米冲房顶上的二米叫道："你把房子踩坏啦二米，告诉我妈去！"

"你赔我赔我！"四米用泥巴捏了个碗，叫三米踩扁了，他拉着三米叫他赔。三米可不管，一把把四米推了个跟头。

"哇哇哇哇……"四米也鬼哭狼嚎起来。

二米他妈从屋里冲出来，她扎着围裙卷着袖子，满手是黄乎乎的面，捏着一只鞋，一看就是二米的那只臭球鞋。

二米他妈先把四米从地上拽起来，又摸摸五米的脑袋。二米他妈冲着房顶破口大骂二米，说你这个该死的，把五米头上都砸开花啦！你把房顶都踩塌啦，连鞋子都掉到面盆里啦！今天没窝窝头吃啦！看你爸回来不揍死你……

"揍死你！揍死二米！打倒二米！打倒坏蛋二米……"三米他们也跟着骂二米。

二米他妈还不解气，想了想，把那只臭球鞋朝房顶上的二米砸过去。

二米他妈砸得非常准，二米躲又没法躲，臭球鞋正中二米的脑袋。

五米和四米见状破涕为笑。

三米捡瓦片土坷垃往上砸二米。

砸得二米抱着脑袋嗷嗷叫。

四米和五米也捡东西砸二米。五米力气小，土坷垃扔不到房顶上，都砸在他家的窗户上，砸得玻璃当当响。

二米他妈怕把玻璃砸破了，赶紧拦着不让他们扔了。

二米趁机使劲把腿从洞里拔出来。

他光着一只脚从房顶上下来，二话不说，从我手里把鸽子包夺过去。

他把包着鸽子的手帕解开。

我这才发现，鸽子并不是黑色的，只是胸脯往上和尾巴的羽毛是黑色的，而身体的其他部分则是雪白的。

这种鸽子我还没见过。

二米一只手攥着鸽子，另一只手拽拽鸽子的嘴巴，掐掐脖子，捏捏嗉子，还扯开翅膀看长短，拉腿数脚指头，最后还往人家的裆里摸了摸。

我觉得二米很像集市上的牲口贩子，他们买卖大马老牛和毛驴时就这么折腾人家。

对第二只鸽子二米也如法炮制一番。

二米终于检查完毕，把鸽子交给我。我紧张地问二米：

"怎么样？什么品种？"

"两头乌！"二米说。

"哇！"我叫起来。

居然是传说中的两头乌！

我们经常听二米卖弄他的鸽子经，一些有名的鸽子的名字，我们都耳熟能详，什么点子啦，凤头啦，马头信鸽啦，比利时赛鸽啦，还有四梢白、两头乌，当然还有那个大鼻子蓝眼睛的苏联军鸽……

不得了，我的这两个小家伙，居然就是大名鼎鼎的两头乌！

我不错眼珠地打量它们，这两个黑脑袋的小家伙也滴溜溜地盯着我看。我发现它们的眼睛很像用花环装饰的宝石，我简直不知道用什么词来形容我此刻的心情！

"两头乌啊两头乌，我一定要好好养你们，"

我暗暗下决心，"把你们养得棒棒的……"

"傻啦！"二米拍拍我。

"嘿嘿……"

"商量点事，海子……"

"什么事？"

"这对两头乌呢，先给我……"

"什么？"

"我帮你先养着点……"

"为什么？"

"你养鸽子没经验，"二米解释说，"生鸽子不好养，不如我先给你养着点，等它们下了蛋……"

我皱皱眉。

"我留下蛋……"

我知道他想干什么了。

"当然不白要，我搭给你一对鸽子……"

我没说话。

"两对也行，随便你挑……"

"不！"我斩钉截铁地说，扭头就走。

这我可不干！坚决不干！我的鸽子，我的两头乌！我能养好！走着瞧！

我觉得我的后背火辣辣地发烫，那是二米的目光。

7

王木根做鸽子笼

我去找王木根，请他给我做一个鸽子笼。

王木根就是脑子有点毛病，老是在下来洪水时到水里捞木头的那个人。

王木根喜欢做木匠活。由于搞不到木头，但手又痒痒，于是逢人便问："有什么需要帮着打的？"他把用木头做东西叫作"打"。山水沟街上没谁家能搞到木料，要是有人弄到点边边角角的木料，请他做个板凳碗橱或者小饭桌什么的，他就高兴得跟喝了二两似的，满面放红光，哼着小曲，吱吱嘎嘎乒乒乓乓地把活干。

王木根也喜欢别人看他做木匠活。

王木根一边干活，一边给我仔细地介绍他的那些工具。我就知道了除了锯子斧头之外，还有凿子、扁铲、刨子等。凿子是在木头上凿出卯榫结构里的卯的。扁铲则是把凿过的地方铲平整。刨子一套大大小小好几个，刨子底下的面儿摸上去感觉很棒，像摸掉进水里的肥皂。王木根把刨子翻过来，眯起一只眼睛，用锤子乒乒乓乓地敲刨子的屁股，来调整刨刃的高低。

王木根还教我认识木头的茬儿，刨木头时要顺着茬儿刨，戗着茬儿刨木头刨不平。

他还给我解释墨斗和拐尺怎么用。

我发现木匠用的铅笔是扁的，这让我想起二

王木根的家里脏得像猪圈，一看就是个光棍住的地方。

老扁的脑袋。

"海子啊！"王木根见我来了，热情地招呼我，"快进来！快进来！"

我进了王木根的家。王木根的家里脏得像猪圈，一看就是个光棍住的地方。他所有衣服和用品都挂在一根铁丝上，连烧饭的锅都挂在上面，一不小心就会碰到头。而地上全是碎木头和干木匠活的工具，不注意的话就会被绊倒。

我小心翼翼地往里面走，跟他说能不能帮着……

我话还没说完，王木根就说能，能，打什么都没问题，问我要打什么。

我说我想做个鸽子笼。

"这个简单，"王木根笑着说，"我给你打！"

我给王木根描述了一下我要的鸽子笼是什么样的。

王木根找了张破纸，用扁铅笔在上面画画。

他把样子画出来给我看。

我一看，比我想得好。我想的就是一个长方形的盒子，而王木根给我画的图有一个尖顶，看上去像房子。

"不麻烦？"我问王木根。

"不麻烦！"他说。

王木根弯腰从床底下往外扒拉东西，他的床底下堆满了各种各样的木料，估计都是他从洪水里捞回来的，他从里面挑选需要用的材料。

然后就开始干活。

我坐在王木根的床上，看他干活。

王木根吱吱嘎嘎乒乒乓乓地干起来。

卷卷的刨花飞起来。

锯末纷纷扬扬撒下来。

我看到王木根准备结婚用的脸盆架立在墙

根，就问他大立橱打得怎么样了。

王木根的眼睛里闪起了两朵小火苗，他停下手中的活。

"大立橱啊……"王木根叫我让让，他从凉席下面抽出一张纸来。

王木根把纸展开。

皱巴巴脏兮兮的纸上画了图，有实线，也有虚线。

我看出来画的是大立橱，有正面的，侧面的，斜着的，通过虚线，能看到大立橱里面的结构。

王木根指着图纸给我解释，这是什么，这是什么，这里又是什么，这些小斜线代表是镜子……好复杂哦！

"你能打得出来？"我脱口而出。

"这是什么话！"王木根一下子把眼睛瞪得像牛的眼睛一样。

王木根似乎意识到我有些害怕，又把眼睛缩回去，像蜗牛缩回了壳。他换了个口气对我说：

"你知道什么东西最难打吗，海子？"

我想肯定是大立橱吧，连图样都那么复杂。

"大立橱吧？"我说。

"不是！"王木根摇头。

"那是什么？"我有些好奇。

王木根从脸盆架旁边拿起一个小板凳。

我看看小板凳，又看看王木根。

"其实这东西最难打！"王木根说。他看出我的疑惑，又指着小板凳的四条腿解释说："是不是斜的？"小板凳的四条腿都向外倾斜出一定的角度，我点点头。"是斜的对吧？凿这种榫卯最考验手艺，过去徒弟跟师傅学手艺，最后要打个板凳，打出来就出徒！"

里面还挺有学问呢！

"所以说，"王木根得意地说，"大立橱根本算不了什么！"

王木根吱吱嘎嘎地继续干活。

"那你什么时候能把大立橱打好？"我问王木根。

"其他料都差不多了，"王木根指指床底下，"大立橱门上的穿衣镜我也找到地方做了，尺寸都给他们了……"

"那为什么还不动手？"

"还缺一点儿料。"

"什么料？"

王木根站起来，用手比画："知道打大立橱难在什么地方吗？"

我哪里知道！

"打大立橱需要四根长木头做樘子，"王木根把手举过自己的头顶，还把脚踮起来，"要这么长！"

"那可够长的！"

"光是长还不够，木头还要好！"王木根从床底下拉出一根长条木头，"像这种就不行，"他用脚踩住，用力一撅，咔嚓，木头断成两截，"只能当引火的劈柴……"

王木根从洪水里捞了不少木材厂准备当劈柴卖的下脚料。

"那要什么样的木头呢？"我问。

"最好是水曲柳的，或者是柞木，楸木的也行，"王木根又把那个小板凳拿起来，"这就是柞木的，多敦实！我把我妈用了多少年的菜板都锯了，要不是我说要结婚用我妈才不舍得！"

我掂着敦实的前菜板左看右看，心想它真是来之不易。

"最起码也要东北红松，落叶松就不行，不

好干活，容易劈。可好料太难找了！"王木根叹了一口气，摇摇头，"一下雨我就到街上去等，要是上面冲下一根房梁就好了！"

我瞪着眼看王木根。

"房梁很多是用榆木做的，"王木根说，"那可是打家具的好料，做大立橱的樘子要多棒有多棒！"

榆树我知道，菜场肉店门前就有一棵老榆树，过去老有人往上系红布条，说老榆树是树精，可以保佑人不得病，或者得了病赶紧好。不过现在没人敢去系了。到了春天，老榆树会结圆圆的榆钱，我们都到树底下去捡落下来的榆钱，有时候嫌捡得少，还爬到树上去撸。家里的大人把我们捡回去的榆钱洗干净，用盐拌拌，浇上酱油和醋，吃起来喷香。也可以和地瓜面一起蒸着吃，好吃极了。

"……可是连着三个夏天了都没等着，眼看这个夏天也过去了，你觉得今年还会下大雨吗……"

王木根眼里流露出几分惆怅。

我摇摇头。

我觉得即使再下雨，从上面冲一根房梁下来也不大可能……

王木根可能看出了我的心思，他坚定地说：

"也说不定！要是正好上面塌了一间房子呢？接着再下一场大雨……"

王木根先用木条做成鸽子笼的骨架，再把那些大小不一形状各异的三合板和锯末板往骨架上拼贴，要是不合适，就用尺子量，用扁铅笔画上线，再用锯子锯。

王木根从破罐头盒里找出钉子，他把钉子尖放到嘴里舔一舔，举起锤子乒乒乓乓地敲。

王木根干得很起劲，他再也不跟我说话了。

我觉得王木根很像裁缝铺里的老裁缝干活，比比画画，剪剪裁裁，拼拼接接，就是鼻子上缺一副眼镜。

王木根终于把鸽子笼做好啦！

他退后一步，歪着头，仔细端详他的作品。

我觉得鸽子笼做得无可挑剔，比我当初想得好得多，和二米家床底下的鸽子笼相比，简直就是宫殿！连那个小小的门，王木根都用钢丝锯锯出半圆的形状，很像画书上画的古时候城墙的城门。

"怎么样？"王木根问我。

"没治啦！"我激动得要跳起来。

我伸手去搬鸽子笼，我想马上叫我的鸽子住进这个豪华美丽的宫殿里。

可是王木根把我的手按住。

他指指小门的上方，说还缺个东西。

王木根找了一块木头，用钢丝锯锯了一个五角星。

用扁铲把五角星修出棱角。

再用砂纸把五角星打磨光滑。

王木根又找出红油漆，用毛笔蘸着红油漆把五角星涂红。

王木根拿起熬胶的铁皮罐头盒，到邻居家熬了骨胶。

他用刷子蘸着骨胶往五角星上涂，忽然问我：

"知道鸭子的指甲是怎么搞成那样的吗？"

我说不知道，又说你知道？

"嘿嘿，当然知道！"

王木根说过去不能说，他答应过鸭子的，这不一熬胶他又想起来了，现在可以说了，因为你们都不玩杏核了。"不玩了是吧？"我说是，那你快说！

王木根就说了。

鸭子不是异想天开，把指甲留了起来当新式武器吗？可是发现有个问题，指甲长长了再修成尖的就变软了，软塌塌的像厚纸片，操控起来很困难，而且特别容易劈，最关键的是没法把它弄成朝上翘的形状。

他自己想不出办法，便找人打听，看谁有办法。

但谁都没有这种古怪的本事帮他的忙。

有一天，鸭子碰到王木根，又问王木根有没有办法。

王木根捏着鸭子的手指头，左看右看，研究了好一阵，说这很好办！

鸭子问也能弄弯吗？

王木根说当然也能弄弯，木匠都会！

王木根给鸭子解释，说做椅子靠背就需要把木头弄弯，木匠把木头放到炉子上用火烤，木头见火会变软，趁热赶紧用膝盖顶着使劲掰……

鸭子吓得忙把手缩回来，说那我不干，算了！

王木根笑着安慰他说，你的用不着烤，咱有别的办法。

他把鸭子带回家，先给鸭子用热水泡手。

等把指甲泡软了，弯出形状。

再涂上厚厚的骨胶。

等骨胶干了，王木根叫鸭子试试。

鸭子一试，乐得直蹦高。

王木根说他还想给指甲上涂上银粉来着，"那看上去才像真正的不锈钢呢！可是鸭子死活不干，说那会叫人笑话，我只好给他用砂纸打磨光滑，再涂上清漆，到底差点成色……"王木根很遗憾的样子。

鸭子的魔鬼利器原来是这样炼成的，这叫人往哪里想去啊！

王木根把五角星粘到鸽子笼上。

我现在对鸽子笼简直十二分的满意啦！

可王木根轻轻摇摇头。

他拿起毛笔，蘸了红漆，在五角星旁边添上了几道粗粗的光芒。

这叫我想起市中心广场主席台后面墙上巨大的宣传画，那里经常召开大会，锣鼓喧天，很是热闹。

嗬，我的鸽子笼可漂亮啦！

王木根拍拍鸽子笼，鸽子笼发出砰砰砰的响声，像谁敲鼓。

我搬起我的鸽子笼就跑。

"喂！"王木根又叫了我一声，我以为发生了什么事情，赶紧回头，他说，"也不一定需要下雨！"

我一时没明白。

"我是说也不一定需要下雨，"王木根说，"我照样能找到那四根腿，只不过时候还不到……"

王木根就是这么神神道道的。

8

黑小白和白小黑

　　我给我的鸽子起了名字，一只叫黑小白，另一只叫它白小黑。

　　黑小白是公的，白小黑是母的。

　　我可分辨不出它们的性别，是二米告诉我的，那天他不是摸了摸它们的裆吗？可能就知道了。

　　黑小白的眼圈花纹比白小黑复杂一点儿，眼睛颜色也深，别人看不出来，我能看出来，所以我不会把它们搞错。

黑小白和白小黑看上去个头儿不小了，但其实还都是雏儿。二米管小鸽子叫雏儿，我们都跟着叫。它们的羽毛上还飘浮着些弯曲的黄色绒毛。黑小白和白小黑的叫声也不像二米家的那些鸽子。二米家的鸽子会发出咕咕的声音。那些公鸽子见到母鸽子，脖子上的毛就竖起来了，把自己搞得像蛤蟆，翅膀也挓挲开来，尾巴上的羽毛像扇子那样张开拖到地上，咕咕咕咕叫着围着母鸽子转圈。母鸽子要不然就理也不理地走开，去找食吃，公鸽子很沮丧，怏怏地把毛收了；要不然母鸽子会缩成一团，趴到地上，公鸽子就跳到母鸽子身上……这时我们谁要是发出动静，二米就会生气，踢我们屁股，不许我们打搅它们。黑小白和白小黑还不会咕咕咕咕叫，它们叫起来的声音还是呀呀呀呀的，还是鸽雏的声音。

黑小白和白小黑眼下还飞不起来。胡卫华想得很周到，赵理践告诉我，胡卫华把鸽子交给他的时候，跟他说他特意挑了这对鸽子。鸽子太小了离不开窝，再大些能飞了又不容易养熟，这么大的鸽子正好养。

黑小白和白小黑不认生。我从笸箩里拿个凉窝窝头，掰碎了往地上一扔，它们嘴里呀呀叫着，扑棱着翅膀跑过来，东一口，西一口，很快就把食吃光了。

又呀呀呀呀地往我腿上拱，还问我要吃的。

看着黑小白和白小黑这么欢，对我这么亲，我心里可高兴啦！

我把王木根给我做的鸽子笼放到我家的煤池子上。

我爸在家门口的一侧，用碎砖头垒了一个煤池子。我们街上很多家都垒煤池子，存放煤饼子或者蜂窝煤，我还在煤池子里养过鸡。二老扁那次就把二米家的煤饼子藏到他家的煤池子里。只有二米家不垒煤池子，把煤饼子都塞到床底下。赵理践送蜂窝煤来，就把蜂窝煤放进我家煤池子。我爸还用木条和油毛毡做了一个盖子，盖在煤池子上，这样下雨或者下雪蜂窝煤就淋不着了。

我把鸽子笼放到煤池子的盖子上。有东西隔着，鸽子就无论如何不会被煤搞脏，无论如何不会变得像二米的鸽子。

我先训练我的鸽子认识家。

我把黑小白和白小黑塞进鸽子笼。

我从那个城门似的小门往里面看它们。

黑小白和白小黑有些惊恐，它们你撞我我撞你，嘴里还呀呀呀呀叫。

我在心里对它们说，不要怕，这里今后就是咱们的家啦！咱们的家好着哪，比二米家的强一百倍，二米的鸽子都是地老鼠，和平鸽都成了黑老鸹……

黑小白和白小黑可能听懂了，慢慢安静下来，老老实实地趴在那里不动了。

我又用食物往外引它们出来。

我手里拿着一点儿碎窝窝头，嘴里啫啫啫啫地叫。这种叫法是我跟二米学的。二米把嘴一扁，嘴里发出啫啫啫啫的声音，呼唤他的鸽子。我也学着这样啫啫啫啫地叫，发现有些难度，不知道怎么用舌头。那些天我在家里老是发出怪声音，我妈呵斥我，说我发神经，吵死了。

我嘴里啫啫啫啫一唤，两只鸽子先把小小的黑脑袋从小门里伸出来。

它们发现了我。

我把手一扬，它们马上知道是干什么了，便呀呀叫着，争先恐后地从小门里挤出来，张开翅膀蹦到煤池子下边，往我裤腿上拱。

我把手里的窝窝头扔给它们，它们呀呀呀呀吃得可欢啦！

我再把它们塞回到鸽子笼里去。

再把它们唤出来……

没用多久，黑小白和白小黑就认识自己的家了。吃饱了或者玩够了，它们会自己钻回到鸽子笼里面去。只要我啫啫啫啫地一呼唤，它们马上就从小门里钻出来。

一到晚上，我就把鸽子笼搬进家。

黑小白和白小黑在我的床前安安静静地睡觉。

每天早晨，我都尽量早地爬起来，把鸽子笼搬出去。

因为我发现一个问题。

头一天早上，我醒了还在赖床，我用胳膊支着脑袋，从床上欣赏我的鸽子笼。

我向它们招招手。

两个小家伙一前一后从门里钻出来。

黑小白和白小黑

王木根画的那几道红光在我眼前唰唰闪烁，就像太阳在墙根的黑影里放射光芒。

不久，黑小白和白小黑就从光芒里面出现了。

它们露出了小小的黑脑袋，这边看看那边看看。

我向它们招招手。

两个小家伙一前一后从门里钻出来。

黑小白和白小黑出来的第一件事情知道是什么吗？

它们冲着我一撅屁股，我还没来得及叫，就听扑啦，扑啦，两个家伙各自拉了一泡屎！

这正好被我妈看见了。

我妈赶在我之前，发出一声尖叫。

我赶紧从床上蹦下来。

我非常麻利地从门口撮来炉灰，把鸽子屎盖上，再用扫帚和簸箕撮走。

我边干边用眼睛瞟我妈。

我妈不住地嘟囔，说脏死了脏死了，怎么能在家里拉屎……我妈很爱干净，当然见不得鸽子在家拉屎。

我向我妈保证，明天一定早起把鸽子笼拿出去，不叫鸽子再在家拉屎。

可老惦着早起开头睡不着后来醒不了，第二天早晨我又睡过头了，正在被窝里做关于黑小白和白小黑的梦。我梦见它们一人一个地坐在痰盂上拉屎，我妈在一边站着准备倒痰盂。突然，我觉得被子被人掀了。我一睁眼，发现我妈站在小床边上对我大叫大嚷，似乎要把我像痰盂那样倒出去。我揉着眼睛顺着她指的方向一看，原来那两个家伙又拉屎啦！不但一人在鸽子笼前拉了一大泡灰白色的屎，还冲我呀呀呀呀地叫，似乎告诉我拉完屎了，该吃饭了，好像生怕我妈不知道它们是我养的鸽子。

我赶紧跳下来收拾。

我妈指着我怒吼着说，要是再出现一次把屎拉在家里的情况，就不许我再养鸽子！

我从此再也不敢睡懒觉，每天都早早地爬起来，赶在它们出来拉屎之前，把鸽子笼从屋里搬出去。

我早晨困极了的时候总是想，要是两个家伙真的会坐在痰盂上拉屎该多好！

9
鸽哨

我仔细地喂养两个可爱的小家伙。我其实已经很有经验了，因为我老是去二米家看他怎样养鸽子啊。

我在鸽笼里给它们垫上厚厚的干草，这样它们在里面就能很舒服。

我按时喂它们吃食和喝水。

它们啄地上的小石子吃我也不阻拦。

我学着二米摸它们的嗉子，看鼓不鼓，来判断它们有没有吃饱。

我仔细想二米还对鸽子们做什么，哦，想起来了，二米还时常叫他的鸽子们洗澡。他端来一盆水，鸽子就跳进去扑啦扑啦地洗澡，鸽子洗完澡，盆里的水就成黑的了，可鸽子还是没有变白。

我用脸盆端来一盆清水，放到空地上。

黑小白和白小黑慢慢走过来。

它们围着盆转。

转了一会儿，可能发现没有什么危险，黑小白就跳到盆沿上，它伸着脖子四处看看，又低头喝了几口水。黑小白向盆下面朝它张望的白小黑点点头，一下子跳进盆里。

黑小白把浑身的毛爹开，在水里使劲地抖动身子，大概相当于人进澡堂子去搓澡，力量之剧烈，把一半的水都溅到了盆外。

它站在那里，蹬左腿亮亮左边的翅，蹬右腿亮亮右边的翅，再缩起脖子使劲地抖身上的羽毛，抖出一片水雾。太阳光照在上面，哇，半空里出现一道漂亮的彩虹！

白小黑也跳到盆沿上。

黑小白洗完了澡，从盆里跳出来。

它站在那里，蹬左腿亮亮左边的翅，蹬右腿亮亮右边的翅，再缩起脖子使劲地抖身上的羽毛，抖出一片水雾。太阳光照在上面，哇，半空里出现一道漂亮的彩虹！

我的鸽子真棒啊！

白小黑也跳进盆里……

我每天都端水给两个小家伙洗澡。

有一天我妈看见我用脸盆给鸽子洗澡，气得大呼小叫，说怎么能用脸盆给鸽子洗澡！我就去市场买了个泥巴盆给它们洗澡用。

二米一直想叫我把黑小白和白小黑先交给他养，等鸽子下了蛋他留下蛋再把鸽子还给我。理由是他养鸽子有经验，我没有经验，万一出点什么事情……我争辩说我当然会养。"我成天在你家待着,"我说,"你怎么养鸽子我一清二楚,保证不会出问题!"

"就不该叫你们上我家!"我听他嘟囔了一句。

我是这样想的。我不是不可以把黑小白和白小黑孵出来的蛋给二米一对,但我想尽快建立起我的鸽群,这得有足够多的鸽子,如果我有了一大群鸽子……我闭上眼睛,似乎看见了它们在天上飞,就像二米的鸽群那样。不,最好像胡卫华的鸽群,胡卫华的鸽群才是真正的鸽群,飞起来铺天盖地黑压压一片,看上去像冬天出来觅食的麻雀。人家一提山水沟街的海子,就说哦,那个养鸽子的呀,就跷大拇指,说他的鸽子好啊,没治啦,那才叫盖了帽儿呢!

可二米在这个问题上犟得像头发脾气的叫驴,对我的纠缠简直没完没了。

　　"我不是不给你，二米，"我咬咬牙说，"要不等第二窝吧！"我不想得罪二米，毕竟是一条街上的邻居，他对我也不错。

　　"不行！"二米很强硬，好像那对鸽子不是我的而是他的。

　　"好吧，"我叹了一口气，我突然想起一件事，我说，"就给我做一个鸽哨吧！不用鸽子换！"

　　我才不想要他那些鸽子呢！

　　为什么呢？

　　因为我知道，他换给我的鸽子虽然名义上属于我，也吃我的粮食，也住我的鸽子笼，但只要二米的鸽群一飞起来，它们保证立马叛变，立马去找它们那些亲戚朋友玩！它们把我家当作食堂和旅馆，吃饱了睡足了就跑去和亲戚朋友一起玩，没我什么事！我才不上他的当呢，我又不是傻瓜！

"就要鸽哨？"二米好像不相信，"不要鸽子？"

我点点头。

"没问题！"二米显然乐坏了，他乐得直搓手，觉得碰到了傻瓜！"我给你做一个，双音的，包你满意！"

二米哼着小曲走了。

他走出去老远，又回头说："不许反悔哦海子！"

二米很会做鸽哨，他做出来的鸽哨声音特别响亮。

我经常去看二米做鸽哨。

他通常用竹筒做，他从竹竿上锯下一截合适的竹筒，再用小刀把竹筒的壁刮薄。

"越薄越好，"二米边干边对我们说，"这样做出来的鸽哨分量轻，要是鸽哨太重，鸽子戴上就飞不高，鸽子飞不高鸽哨也不响！"

二米刮出来的竹筒壁薄得像树叶，对着光看，连一道道竹丝都看得见。

二米又把他收藏的破葫芦瓢找出来，用钢丝锯锯一块下来，拿小刀在上面剔出倾斜的哨口，再用锉刀把刻好的葫芦盖修得跟竹筒的口一样大，最后熬骨胶把葫芦盖粘到竹筒上，一个鸽哨就做好了。

除了用竹筒做鸽哨，二米也能用乒乓球做鸽哨。

二米问孔和平要来打坏的乒乓球，用剪子在球破的地方剪出一个圆圆的洞，做一个大小合适的葫芦盖粘上去，就成了。

二米告诉我们，其实用乒乓球做鸽哨更容易，乒乓球的皮薄，竹筒削得再薄也没那么薄，所以乒乓球鸽哨更轻更响。

但坏乒乓球不容易得到，孔和平他们打球特别仔细，乒乓球台没擦干净都不打，怕沙子把乒乓球硌破了。谁拿光板子去他们也不打，怕没有胶皮的光板子容易把球打破。好像他们打的不是乒乓球，而是纸糊的灯笼。

有一次，二米足足盯了孔和平半个月，想等他们把乒乓球打破要来做鸽哨。可是孔和平他们对待乒乓球像对待自己的眼珠子，仔细得叫人绝望！

二米想，这要等到猴年马月去啊！

他眼珠一转，计上心来，等孔和平他们把一个球打到地上，就走过去，装作没看见，一脚把乒乓球踩扁啦！

孔和平他们都大叫大嚷起来，责备二米怎么这么不小心！

二米把踩扁的乒乓球捡起来就走，回头笑嘻

嘻地说：

"这回不能再用了吧！"

可是孔和平他们根本不让他走，非要那个踩扁的乒乓球。

二米说："都踩得像二老扁的后脑勺了，还要啊！"

孔和平他们说："要！"

二米只好把扁扁的乒乓球还给他们。

二米想看看孔和平他们到底想做什么，就跟着去了孔和平家。

只见孔和平烧了一壶开水倒到大搪瓷缸子里，又把扁扁的乒乓球放进去。

咦，怪了怪了，那个扁乒乓球在水里慢慢地又鼓起来，又成了一个好好的乒乓球啦！

即使把乒乓球打破了，孔和平也不扔，他把以前打破实在不能用的乒乓球剪碎，用香蕉水泡成胶，球破了，就蘸点胶涂上，把口子补好继续用。

别看孔和平把乒乓球拍别在腰里好像挺威风，其实小气得很，要想从他手里得到一个破乒乓球，简直比上天还要难！

所以二米更多的还是用竹筒做鸽哨。

我们跟着二米去驿站街的土产店买过竹竿，二米选好一根长长的竹竿，我们帮着扛回来。

二米说，做鸽哨不难，就是葫芦瓢难找。葫芦瓢必须很大，葫芦大了壳才厚实，壳厚实了才能刻出斜度合适的哨口。

二米动员我们大家到处给他找葫芦瓢。

西街有个小孩，他把他妈舀面的葫芦瓢偷出来给二米，二米乐得什么似的。那个小孩他妈做饭时发现葫芦瓢没有了，就问儿子，最后小孩坦白交代了。小孩他妈去找二米要葫芦瓢。可那个葫芦瓢已经叫二米锯了一个大洞。小孩他妈把有洞的葫芦瓢拿回去，用胶布粘上继续舀面用。

二米还会做双音的鸽哨。双音鸽哨其实就是把一大一小两个鸽哨并在一起，不过工艺更复杂，双音鸽哨响起来，一个声音高，一个声音低，听上去可好听呢！

二米答应给我做一个双音的鸽哨，这叫我高兴得不得了！

10

我的鸽子向往蓝天

　　我精心照顾我的黑小白和白小黑。

　　我把窝窝头掰碎了喂它们，偶尔也从我妈装绿豆的罐子里抓点绿豆喂它们。我发现它们特别爱吃绿豆，我把绿豆往地上一撒，它们就呀呀呀呀张开翅膀跟头趔趄地去抢。但我不敢多用绿豆喂它们，因为绿豆对于我妈很重要，熬稀饭的时候我妈会抓一把绿豆扔进锅里，熬香喷喷的绿豆稀饭。绿豆有点贵，要是叫我妈发现我用绿豆喂鸽子，那可不得了！所以我的鸽子和我们一样，主要吃窝窝头，改善生活时才能吃上绿豆。

黑小白和白小黑越来越听我的话。我只要啫啫啫啫一唤，手一扬，两个小家伙就张开翅膀跑过来，问我要东西吃。

后来它们能飞一点了，一见我，就扑棱着翅膀蹦高，够我的手，问我要东西吃。

再往后，我只要张开手，它们就往上飞，飞到我的手上，抢我手心里的食物吃。

我好开心啊！

黑小白和白小黑的本领越来越大。有一天，我看见它们在房子前面转来转去，不住地歪着脑袋向上面张望。

我就注意看它们想干什么。

过了一会儿，公鸽子黑小白把身子往下一

蹲，一使劲，张开翅膀扑啦啦啦往房顶上飞。

可是没有够到房顶就掉下来了，摔了个屁股蹲儿。

黑小白看看白小黑。

白小黑走过来，用身子碰碰黑小白，好像给黑小白鼓劲。

黑小白抬头看看房顶，又张开翅膀往上飞。

可还是没有飞上去……

还是没飞上去……

我在一边看着，手心都出汗了，我暗暗地给黑小白鼓劲，我在心里喊着，黑小白，千万别泄气啊！加油！

白小黑又走到黑小白身边，用喙子啄啄黑小白的脖子，又把身子挨在黑小白身上蹭蹭。

黑小白又站起来了。

它歪着脖子朝房顶上看。

又看看身边的白小黑。

甚至看了看我。

黑小白把身子蹲下，猛地一跳，翅膀扑啦扑啦拼命扇动……

哇！

黑小白飞到房顶上啦！

黑小白站在房顶上，很骄傲地挺着胸脯扬起脖子，似乎对谁昭示着它的成功。

我激动得心脏怦怦跳。

黑小白伸长脖子，看着下面的白小黑，朝它点头，似乎在召唤它的白小黑。

地上的白小黑也伸着脖子往上看，看她的黑小白。

白小黑猛地跳起来，扇动翅膀……

但是没有飞上房顶。

黑小白在房顶上看着白小黑，头一点一点

的，似乎在给白小黑说着什么，也许在告诉它起飞的要领，我要是鸽子我一定能听懂！

我捏起拳头，在心里对白小黑说，看，黑小白都上去了，你也不会有问题，使劲啊！

白小黑又往上飞。

一次，两次，三次……

哈，扑扑啦啦，白小黑终于飞到房顶上啦！

黑小白和白小黑依偎在了一起！

我情不自禁地拍起手来，我的鸽子会飞啦！

两个小家伙第一次上到这么高的地方，一定觉得特别新鲜。它们站在房檐的瓦上，转动着脑袋东张西望，观察着周围。

过了一会儿，黑小白和白小黑开始慢慢踱步。

我家房顶上的瓦片缝隙间，生长着几丛野草，有风吹来，野草便随风摇曳。这引起两个小家伙的兴趣，它们围着一丛野草，仔细观察这些从来没有见过的东西。它们用嘴啄啄这些野草，可能觉得不能吃，就放弃了。

黑小白和白小黑又往上移动。

我往后退了退，以便能看到它们。

两只鸽子一前一后，走走停停，显得不慌不忙，时而把头扬得高高的，时而又低头啄啄下面。

有时候走得不太稳，就张开翅膀保持平衡。

慢慢地，黑小白和白小黑就走上了屋脊。

两个小家伙侧身站在屋脊上。我看过去，我第一次发现，鸽子的身形是这么棒。公园里的孔雀够漂亮了吧，可我的鸽子比孔雀棒上十倍。孔雀只是漂亮，而我的鸽子站在那里显得那么威武，像两个古代的将军。我就是这么想的！阳光照在它们身上，黑白分明的羽毛闪闪发亮，就像将军身上的盔甲。

黑小白和白小黑舒服得把脖子缩起来。

阳光照在它们身上，黑白分明的羽毛闪闪发亮，就像将军身上的盔甲。

突然，好像有什么惊动了它们，两个小家伙一下子把脖子伸了出去，歪着脑袋朝上看。

天上隐约传来些声音。

声音越来越响。

昂昂昂昂——

是二米的鸽子飞来了。

二米的鸽群从房顶上空掠过。

黑小白和白小黑的脑袋跟着天上的鸽子转。

二米的鸽子一次次地从头顶飞过，两个小家伙躁动起来。

当二米的鸽子又一次从头顶掠过时，两个小家伙忍不住了，它们扑棱着翅膀往上跳，想飞起来。

但它们还没这个能力，飞了几次都没有飞起来。

二米的鸽子飞远了，黑小白和白小黑久久地

望着它们消失的方向，一动不动，看上去就像两
尊雕塑！

我在心里对它们说：

"不要急呀，我的黑小白和白小黑，用不了
多久，你们就能飞得像它们一样高！不，甚至还
要高！"

我觉得黑小白和白小黑该下来了，就喏喏喏
喏地呼唤它们。

黑小白和白小黑真听话，它们听到我的呼
唤，就从屋脊上踱下来。

它们来到房檐边上，伸着脖子看下边，又互
相看看，有点害怕的样子，踌躇着不敢往下跳。

我把手张开，鼓励它们：

"没事的，不要紧，你们完全可以，下来吧，
飞下来吧！"

两个小家伙似乎听懂了我的话，它们犹豫了

一下，便把腿一蹬，张开翅膀，飞了下来。

落地的时候，它们趔趄了一下，很快站稳了。

两个小家伙跑过来找我要东西吃。

很快，黑小白和白小黑就能很轻松地飞到房顶上了。

我只要一呼唤，再把手张开，它们就马上从房顶上飞下来，落到我的手上，抢我手里的东西吃。

真棒啊，我的黑小白和白小黑！

黑小白和白小黑现在常常在房顶上待着，它们在房顶上踱步，嬉戏，啄食瓦片上的什么东西。

当看到二米的鸽群在天上盘旋，它们就跃跃欲试，做着飞翔的准备。

11

被人夸是件高兴事

其实不是我自己说我的黑小白和白小黑棒，所有见过这两个小家伙的都夸它们棒。

我知道那是在夸我哪！

大家都知道我得到了两只非常好的鸽子，好多人都过来看。

鸭子、二老扁、孔和平和军棋大王徐小杰他们自不必说，他们看了我的鸽子后，都说真的棒啊海子，你看它们多漂亮，又干净，你看这羽毛，油光水滑，黢黑黢黑，简直像鞋油，瞧这白的，跟医院里的纱布似的……二老扁还悄悄给我说，这一比，把二米的鸽子比没啦！

鸭子警告他说，别叫二米听见，小心他踹你！

二老扁的弟弟三扁推了鸭子一把说，敢！

我把黑小白和白小黑训练得一点儿都不怕人，我表演给鸭子他们看。我把两个小家伙轰到房顶上。

我拿了块窝窝头掰碎，叫他们试试。

我叫鸭子把手张开。

我啫啫啫啫一唤。

黑小白和白小黑从房顶上扑啦扑啦飞下来，落到鸭子的手上，啄他手里的食吃。

鸭子惊得把嘴张得老大，二老扁说你的下巴颏儿都掉下来啦！

三扁破涕为笑。两只鸽子飞到三扁的手上抢食吃。

孔和平也抢了一把窝窝头来试。

鸽子也扑啦扑啦地飞到他手上抢食吃。

二老扁也要试，他的弟弟三扁不干，从我手里抢了一块窝头要喂鸽子。二老扁夺他的窝窝头，三扁就哭起来。我说叫三扁喂吧。三扁破涕为笑。两只鸽子飞到三扁的手上抢食吃。三扁胳膊短，力气小，鸽子站在他手上站不稳，一翅膀扇在他脸上，又把三扁扇哭啦！

大家都说，海子的鸽子比二米的鸽子养得好多啦，二米的鸽子见人就躲，跟小偷似的，海子的鸽子见谁都往上扑，海子的鸽子好！

二米过来的时候，我想炫耀一下我的训练成果，我把手张开，喏喏一唤，黑小白和白小黑就从房顶上扑扑啦啦飞下来，啄我手心里的窝窝头吃。

二米试了试，两个小家伙也会从房顶上飞下

来，抢他手里的食吃。

"养得还不错！"二米说。

我觉得也是，我挺自豪的。

"最好多喂绿豆！"二米指出。

连二米他爸都来看过我的鸽子，他也叫我多喂鸽子绿豆，说喂绿豆鸽子长得快。我说我知道。二米他爸抱着拳，像拜菩萨似的对黑小白和白小黑说："赶紧长吧，赶紧长，早点下蛋，现在二米天天做梦说梦话，都是你们俩……"

我心想，哈！

"吵得三米他们都睡不着觉！我叫二米睡另一头……"

我说这不是挺好吗？

"好个屁！"二米他爸说，"二米的脚臭，熏得三米他们还是睡不着，几个人又打翻了天。你赶紧给下蛋……"

好像下蛋的是我似的。

王木根也来看过，但他不是来看鸽子的。那天他带了他的木头工具箱过来，说我的鸽子笼没做完。我说做完啦！非常棒！他说没有！

王木根从他装工具的木箱里拿出木板、尺子和锯子。

我又看了一遍我的鸽子笼，真的没有发现哪里没做完。

他说当然没做完，他是忽然想起来的。他指着鸽子笼上的小门说，这个小门上没装门扇，他来给装上门扇。说很简单，合页和门鼻子都准备好了，只要量好尺寸把门板锯锯装上，叫我自己再买把锁……

我赶紧把王木根拦住，我说鸽子又不会开门关门，装上门扇它们就进不去出不来啦！

王木根显得很遗憾，他把鸽子笼拿起来，仔

仔细细地又检查了一遍，拿来锤子，把一根露出来的钉子头敲弯，说别伤了鸽子。

二米后来又来。

这倒不是来喂我的鸽子。

他是来赶人的！

赶谁？

赶鸭子、二老扁、三扁、孔和平和徐小杰他们！

原来，自从我有了黑小白和白小黑，有了这两只又漂亮又听话的鸽子以后，鸭子他们都不去二米家了，都不想再见到他那些脏不拉唧的家伙了，也不想看二米站在房顶上，摇着他那根红头发竹竿吓唬人了，他们就想到我家里来，用窝窝头召唤我的黑小白和白小黑，叫它们往手上飞！

二米愤怒地对鸭子他们说，如果再往这里跑，就永远也别到他家去看鸽子！"走！"

二米把大家叫去给他做煤饼子，他家的煤饼子又烧完啦！

我当然也跟着去了。

大家都夸我的鸽子，我自豪得不得了。走在路上，我老觉得有人在后面对我指指点点，说这就是海子！就是那个养两头乌的！他的鸽子好啊，简直要多棒有多棒……

我虽然并没听见有人真的这么说，但我心想人家一定会这么说。从小到大，这是我做得最叫人夸赞的事情！

我把胸脯挺得高高的……

12
鸽子不见了

可是有一天，出事了。

那天黑小白和白小黑照例飞到房顶上去玩。

二老扁来叫我，他说他借来几本画书，叫我去看。画书就是连环画，我喜欢看画书，眼下书这种东西少得很，尤其是在我们山水沟街，因为家长大多都没有文化，没几家家里有书的。所以谁要是找到一本画书，那可是大事！二老扁那天从表哥家回来，带回几本画书。他知道我喜欢看书，就喊我去他家一起看画书。

我撒腿就跑，都忘了房顶上的鸽子！

我跟着二老扁跑回家。

我们俩各自看画书。

画书很旧，封面都是牛皮纸的，上面用毛笔写了书名，和过去街上书摊的画书一样，也许就是书摊上的画书。以前我经常去书摊上租书看，有时候看到路灯亮了还不愿走，要是没钱就蹭着看别人的，租书的还不高兴，看久了就撵。后来书摊就没了，我们很怀念那些小书摊。

二老扁的这些画书大部分我已经看过，但再看一遍还是兴趣不减。有好几本是打仗的，打仗的我爱看。还有反特的，更好看。还有《三国演义》和《水浒传》的，关公千里走单骑，林冲雪夜上梁山……

我们看得津津有味，都忘了时间。

我又拿起一本，是外国的，还是打仗的，我仔细往下看。

里面有只信鸽，嘿，真的是苏联红军的信鸽，一支苏联红军被德国鬼子包围了，战士把求援信绑在鸽子腿上……

我仔细研究画书上的苏联红军的军鸽长啥样，是不是像二米说的……

呀！

我的脑子忽然闪过一个念头，我叫了一声。

二老扁以为我看到什么精彩的情节了，抬头看了看我。

我的鸽子！

我把画书一丢，撒腿跑了出去。

我飞快地跑回家。

我进了院子先往房顶上看。

黑小白和白小黑已经不在房顶上了。

我以为它们会在鸽子笼里，可是也不在。

我有点急了。

咕咕咕咕……

我在院子里转着圈，上上下下地呼唤黑小白和白小黑。

没有任何回应。

我又跑到屋里找。我钻到我家的床底下，把我家碗柜里里外外找了一遍，连我妈装衣服的樟木箱都打开检查，但一无所获。

我的鸽子到哪里去了呢？我手足无措，我六神无主，我搔着头皮盯着鸽子笼看，我的鸽子到哪里去了！我不死心，又搬起鸽子笼往地上磕，连里面给鸽子垫的草都磕出来了，连鸽子笼的角都磕瘪了，要是叫王木根看见，非心疼死不可。可它们连影子都没有！

我冲出院子，跑到街上去，来来回回啫啫啫啫地唤着，希望它俩听到我的呼唤，一下子蹦到我的面前。

可是没有。

有人见我焦急的样子，问我发生了什么，我沮丧地说鸽子不见了！

不久，鸭子、二老扁和孔和平他们也都知道了，都跑了过来，问我怎么办。

我哭哭咧咧地说，我也不知道怎么办！

后来二米也跑来了。

二米好像比我还急，他问了我一些情况。

二米低头想了一下，开始安排大家去寻找鸽子。

在养鸽子方面，二米是十足的老手，我这时无比相信他。看到二米出手，我又燃起了希望。

二米说，最有可能它们是钻到垃圾桶、垃圾

盆里找东西吃，一不小心把自己给扣下面啦！

"这不可能，"我抗议说，"我的鸽子从来不去那种地方吃东西……"

"你懂个茄子！"二米说，"你又不是鸽子！"

我想也对。

丁零当啷，稀里哗啦，喊里咔嚓……家家户户都响起了这样的声音，我们把人家装垃圾的盆盆罐罐、破桶、簸箕以及烂木箱都翻得底朝天，三扁连倒出来的煤灰和烂菜叶都扒拉开找，他甚至找到了两颗溜溜球，把他高兴坏了。

大家回来报告说街上各家都翻遍了，没有发现鸽子的踪迹。

三扁是捂着脑袋哭着回来的，他脑袋上挨了13号的刘大娘几笤帚疙瘩，因为他跑去把她养在花盆里的花拔了，看里面有没有鸽子。

"我说吧！"我说。

二米皱着眉头又开始想。

他边想边四处打量。

他眼睛看到了墙上。

"对了，掏掏窟窿眼！"他指着墙上的烟筒眼说，"兴许它们钻到什么窟窿眼里了……"

五米问："哥，什么是窟窿眼啊？"

二米说："就是洞，黑洞！"

我想："我的鸽子才不会钻洞呢，只有你家的鸽子会钻床底下的洞！"但我也没说，现在我对所有的可能性都抱有希望。

大家就开始去找窟窿眼，掏窟窿眼。

有去掏墙上的烟筒眼的。

有站在凳子上掏屋檐底下的缝隙的。

五米跑回家去，把他家竹壳暖水瓶抱了来。二米问五米把暖水瓶拿来干吗。五米把暖瓶口冲着二米说："哥，洞！哥，洞！"二米又好气又好笑，还没来得及开骂，二米他妈就追了过来，把二米臭骂一顿，说他没事闹症候，要是五米把暖瓶摔了，就打断他的狗腿！二米家就这一个暖水瓶，用得可仔细呢。

孔和平在屋檐下面掏啊掏啊。

他突然大叫一声。

我们都以为他把鸽子掏出来了，谁知道他从屋檐下面抓出一只麻雀来。

麻雀在孔和平的手里吱吱呀呀怪叫，孔和平非常得意。

可是这家的主人，一个胖老太太从屋里出来，她飞起一脚，把孔和平脚底下的凳子踢飞了。

孔和平大叫一声，摔在地上，手里的麻雀也飞走啦！

有几个小孩围着地上的窨井，用炉钩子使劲撬窨井盖。

他们到底把窨井盖弄开了，还把头伸进去看，当然一无所获。

我想："连他们都弄不开，鸽子怎么能掀起来钻进去呢？"但既然有可能性，那就叫他们干呗。

他们到底把窨井盖弄开了，还把头伸进去看，当然一无所获。

三扁和另一个小孩嘻嘻哈哈跑来了，他们边跑边捏着鼻子喊："臭死啦！臭死啦！"

大家问怎么回事。

三扁说他们去公共厕所啦！

另一个小孩捏着鼻子说，把所有的茅坑都看啦！

我觉得奇怪，问："看茅坑干什么？"

三扁说："看你的鸽子是不是掉在里面淹死了！"

二米居然问："有吗？"

三扁说："没有！"

这简直把我气得半死，我的鸽子怎么会是这样的下场！

我们这帮玩在一起的小孩，在山水沟街上大呼小叫，狼奔豕突，爬高上低，弄得到处鸡飞狗跳，大人们都用鄙夷的眼光打量我们，以为我们要闹什么症候，还有人扯着嗓子对我们说些不中听的话，也有人跟我们打听究竟出了什么事。

大家陆陆续续地回来了，都说没有发现黑小白和白小黑。

二米直摇头。

我紧张地看着他，希望他能想出鸽子新的藏身之处，我始终没有放弃找到我的黑小白和白小黑的希望。

大家也都看着二米。

"这俩鸽子不会飞，不可能被其他鸽子拐走。"二米嘟囔。

我们都没说话。

"那一定是被谁偷走了！"

二米似乎是自言自语，但我听起来却像晴天霹雳。

养鸽子的都知道，鸽子有时候会跟着别的鸽群飞，落到别人家里，叫人家捉了去，这叫作被拐了。要是知道是被谁的鸽群拐走的，可以去要，人家一般也会归还，这是养鸽子的规矩。但要是被人偷走了，那就没处找了。

我哇地哭起来。

我的鸽子被人偷走啦！

13

原来是郭一刀!

我坐在马路牙子上，为我可怜的黑小白和白小黑哭鼻子抹眼泪，在心里诅咒那个万恶的偷鸽贼。

大家围着我七嘴八舌议论纷纷。

二老扁突然大呼小叫地跑过来。

我这才意识到，有好长一段时间没看到他，他跑到哪里去了？

"找到啦！找到啦……"二老扁挤过来，气喘吁吁地对我们说。

我一听，马上收起眼泪，跳了起来：

"在哪里？我的鸽子在哪里？"

二老扁抹了一把脑门上的汗。

"在、在郭一刀那里！"

"啊？"我耳朵边像响了一颗大雷子。

"不可能！"二米揪住二老扁的袖子说，"郭一刀干吗偷……"

"放开！"二老扁冲二米喊，"扯掉袖子你赔！"

吓得二米赶快把手松了。

二老扁检查了一下他的衣服袖子，看用不用二米赔，他对他妈给他做的衣服在意着呢。

怎么回事？鸽子怎么会在郭一刀那里？他偷我鸽子干吗？

二老扁告诉我们说，不是大家都按照二米的要求找窟窿眼吗？他突然想起，还有个窟窿眼大家都没注意……

"什么窟窿眼？"有人问。

"老榆树上的树洞啊！"二老扁说，他还看了孔和平一眼。

我一想，可不是吗？菜场的肉店门口有一棵很粗的老榆树，老榆树的树杈上有一个树洞，有一次，二老扁把孔和平的军帽抢了藏在树洞里，两个人为此还打过一架。

二老扁说他要去掏掏老榆树的树洞。他刚跑到菜场，就发现肉店门口的老榆树底下闹哄哄地围了一堆人。他挤进去看，人堆中间是卖肉的郭一刀，郭一刀正指着自己的脑门大叫大嚷。二老扁发现郭一刀光光的脑门上有一摊鸽子屎！经过二米的培养，二老扁对鸽子屎非常熟悉。

二老扁接着说，他说围着的人都哈哈大笑，其中木匠王木根笑得最响。郭一刀飞起一脚，把王木根踹得飞出去老远。有人问郭一刀这是谁干的。郭一刀跺跺脚边的一个破柳条筐。二老扁说他凑过去，透过筐底的破洞，看到里面扣了两只鸽子。

"就是你的鸽子！"二老扁对我说。

我的心都凉了。

可郭一刀是怎么抓到我的鸽子的呢？我们大家都急于知道，都叫二老扁快说，别卖关子。

二老扁把后面的事情又给我们学了一遍。

郭一刀当时正在肉店门口的老榆树底下抽烟凉快，跟菜场副食店卖烟酒的售货员马大嫂说话。马大嫂很胖，是郭一刀未来的亲家，他俩一个卖肉一个卖烟酒。两个人正说着话，只听啪嗒一声，郭一刀脑门上落了个东西。郭一刀刚想用手摸，马大嫂喊了一声说别摸。她往上一指，郭一刀抬头看，看见老榆树伸向肉店房顶的树杈上站着两只鸽子，知道是着了鸽子屎！

郭一刀非常愤怒，他指着树杈上的两只鸽子破口大骂。

两只鸽子听不懂，站在那里自己说话玩。

郭一刀跳着脚抡拳头吓唬两只鸽子。

两只鸽子还是不害怕，只是歪头看他，像在戏园子楼上的座位往下看戏，它们肯定想，这两个人唱的是哪一出戏呢？反正那个男胖子唱得不怎么样，像骂人！

郭一刀没办法了，摇摇头。

胖女人马大嫂突然有了想法，她对未来的亲家郭一刀说，你别吓唬它们了，等着。

马大嫂转身跑到粮店里，从粮斗里抓了一把绿豆。

马大嫂伸出手，天女散花般地把绿豆往地上一撒，嘴里像唤鸡那样啁啁啁啁一唤。鸽子见有人喂它们吃的，兴许以为那是和以前一样的好人，或者受不了绿豆的诱惑，于是扑啦扑啦地从树杈上飞下来，啄起绿豆来啦！

郭一刀都看呆了！

马大嫂小声对郭一刀说，发什么呆！快拿筐去！

郭一刀这才反应过来，他蹑手蹑脚地进了肉店，把那个油脂麻花的破筐拿起来。

又蹑手蹑脚地走出来。

两只鸽子呀呀呀呀吃得喷香，一点儿也没发现危险在靠近。

马大嫂看准时机，对郭一刀使了个眼色。

郭一刀举起破筐，一下子扣过去。

扣个正着！

郭一刀咧开大嘴傻笑，问亲家，是怎么知道能抓住两只鸽子的。

副食店的售货员马大嫂说，小菜一碟，我小时候在家鸡鸭鹅都养过，我是公社有名的养鸭姑娘。"我们公社养了一群小鸭子，我每天早上……"马大嫂想起了过去的美好时光。

郭一刀要去洗洗头上的鸽子屎，马大嫂把他拦住了。马大嫂说，鸽子可是好东西，没听人说宁吃飞禽一两，不吃走兽半斤？这俩家伙你就拿回去吃了。不过呢，头不要马上洗，你得叫大家都看到它们拉你一头屎，这样吃起来才名正言顺……

郭一刀觉得亲家出的真是好主意，就顶着一头鸽子屎在肉店门口吆喝开啦！

二老扁说，他赶紧给郭一刀说，鸽子他知道是谁的。

郭一刀问是谁的。

二老扁说是前街海子的，是他的两头乌。

郭一刀说，那去把海子叫来，晚了就见不到他的鸽子喽……

我撒腿就跑。

二米不赖，他带着其他人也跟了过来。

二米见三扁手里拿了一个炉钩子，就踢了他一脚，说又不是去打架！

鸭子说，打也打不过！

到了肉店，我们推门进去。

今天的肉都卖完了，靠墙的木架子上肉钩子都是空的了，郭一刀正坐在肉案子旁边抽烟喝茶等着下班。他显然洗了头，头上已经没有鸽子屎啦。

那个肉案子差不多有两米多长，一米多宽，大人的两三指那么厚，用砖砌的垛子担着。肉案子使的年头很久了，都被油浸透了，看上去油汪汪的。中间部分被郭一刀剁肉切肉弄得凹下去一个大坑。郭一刀平常就威风凛凛地站在这个肉案子后面，毛茸茸的手上拿着雪亮的刀，哐当一刀剁下，叫人想起连环画书上被花和尚鲁智深揍死的那个镇关西。

我看着郭一刀胳膊上的黑毛，鼓起勇气，对他说：

"把鸽子还我！那是我的鸽子！"

郭一刀斜着眼看看我，说：

"哦，是你的鸽子。你想要鸽子？"

我抬起头来，看见郭一刀那对牛蛋子那么大的眼："我来要我的鸽子，还给我！"

"把鸽子还他吧，"二米赔着笑脸凑上来，说，"那是一对两头乌……"

"把鸽子还我！"我又说。

"把鸽子还他吧！"鸭子他们都说。

"嘿嘿，"郭一刀笑起来是皮笑肉不笑，他用脚踢踢旁边的破柳条筐，对我们说，"想要鸽子？喏，就在这里面……"

这个油脂麻花的破柳条筐我们都认识，郭一刀用它盛猪下货。透过筐底上的破洞，我看见我的两只鸽子啦！它们似乎认出我了，知道我要救它们，它们冲着我呀呀呀呀叫！

我高兴极了，我从郭一刀身边绕过去，就要掀筐拿鸽子。

我要带我的黑小白和白小黑回家！

咔嚓，一只怪鞋从我脸前落下来，踩在筐上，里面的鸽子一阵骚动。

是郭一刀的脚！

郭一刀穿的凉鞋很奇特，鞋底是用废卡车轮胎剪成的，像报纸卷那样往里面卷，边上钉着几

我要带我的黑小白和白小黑回家！

　　咔嚓，一只怪鞋从我脸前落下来，踩在筐上，里面的鸽子一阵骚动。

条花布做的带子，把郭一刀的大脚绑住。郭一刀对他这双怪鞋很自豪，穿着它们吧唧吧唧地在街上走，感觉像电影里的日本鬼子穿着大皮靴进村。

我抬头看郭一刀。

"想拿走？"郭一刀还是皮笑肉不笑。

"嗯！"

"门儿都没有！"郭一刀扫帚似的眉毛立睖起来。

"为什么？"

"你问为什么？"郭一刀往我后面看看，他指指二老扁，"来，你过来，你这个扁脑袋，你告诉他为什么。"

二老扁无可奈何地走上前。

郭一刀啪啪地拍二老扁的后脑勺，就像拍谁家的门板。"你刚才都看见了对吧？"他问二老扁。

二老扁简直想把脑袋缩进脖子里，他不由自主地点点头。

"你看你看，"郭一刀咧着大嘴对我们说，"他看见了吧，好多群众都看见了，我刚才一直不洗头，就是要叫大家看见！它们拉我一头屎，"他跺跺脚下的破筐，里面的鸽子又是一阵骚动，郭一刀吧嗒吧嗒嘴，"我要把它们吃掉！"

我哇地哭起来。

郭一刀才不管我哭不哭呢，他看看我，把嘴巴一撇，说他可不是欺负小孩，谁叫它们往他头上拉屎呢！谁也不能往别人头上拉屎！谁要是往别人头上拉了屎，就得有他好看的！说叫我来就是告诉我他是光明正大地吃肉，他不做偷鸡摸狗的事情。还说礼拜天就吃，一个清蒸，一个红烧，骨头架子也不浪费，和黄豆一起煮汤……郭一刀说的嘴角上都是白沫。我听到旁边有人发出咕咚咕咚咽口水的声音。

郭一刀还问二老扁:"你说这两个家伙叫什么来着?"

二老扁没敢再吭气。

"不告诉算!"郭一刀嘟囔着,"记得是什么鸟好像?什么鸟来着……想不起来了,就黑漆麻乌吧!"

往回走的时候,二老扁一边走路一边恨恨地用粉笔往墙上写字,他写:打倒郭一刀!火烧郭一刀!油炸郭一刀!

再往前走,正碰到王木根。

他问我鸽子要回来了吗。

我摇摇头。

王木根拍拍我的肩膀,我听见他自言自语地说,时候到了,时候到了……

14

郭一刀不好惹

现在来说说郭一刀。

郭一刀大名叫郭宝成。但都不叫他大名，都叫他郭一刀，大概是因为他卖肉时手拿一把雪亮的大刀，谁来买肉，咣当就是一刀，所以这么叫他。

郭一刀长得肥头大耳，肚子像弥勒佛，肚脐眼深不见底，胸脯和胳膊上长满黑毛，屁股大得像磨盘。这种人很少见，一般的人长得都很瘦，我爸连一百斤都不到，给我鸽子的赵理践的腿都没有郭一刀的胳膊粗，还拉那么一大车蜂窝煤。

由于郭一刀长得与众不同，据说还练过武功，有段时间菜场里的职工就推选他当战斗队的司令。那会儿大家都不叫他郭一刀了，都叫他郭司令。后来该组织被别的组织打败了，他这个司令就不当了，但有时候还有人叫他郭司令。

鸭子说郭一刀老跟他妈要咸菜吃，尤其喜欢他妈腌的杏仁咸菜。每次都带一个红星牌罐头瓶子，装满满一瓶子咸菜走。鸭子不喜欢郭一刀，曾经给他妈说咱不能不给他吗？我爸那里……鸭子他妈说那哪儿成！咱不是还得找他买肉吗？鸭子他妈说，郭一刀吃肉太多了，肠子上全是油，要用咸菜刮肠子上的油，不刮肠子上的油，弄不好就滑肠了。我们问什么叫滑肠。鸭子说滑肠就是拼命拉稀，每天要跑几十次厕所，最后把人都拉干干了！我们都说，哇！

在国营肉店卖肉可是个好职业，和听诊器方向盘（医生与司机）属于一个档次。如今猪肉都是凭票供应，一口人一个月只有几两肉和很少的油。为了尽量增加些油水，特别是家里有孩子、老人或者病人的，买肉的时候就想多买点肥肉，回家把肥肉炼成猪油，倒进小碗里攒着，做菜时用调羹舀上一点儿爆锅用。那些炼油的油渣儿也不浪费，可以和菜一起剁馅儿包大包子吃。我妈疼我，炼完油，把油渣儿盛在碗里，用白糖拌了叫我吃，那别提多香啦！

不过你能不能买到肥肉，或者卖不卖给你肥肉，那可是郭一刀说了算。

"下一个！几两？"

郭一刀头也不抬，大吼一声。

亮晃晃的大刀咣当剁下来。

　　然后他抬头瞄一眼你，要是恰巧和你交情不错，或者那天他心情好，他把刀尖往旁边一拐弯，一大块白花花油汪汪温润如玉的肥肉就属于你啦！

　　如果他根本不认识你，或者那天心情不好，你就自认倒霉吧，他把刀尖往另一边一拐弯，你买的那块肉上就一点儿油星子都没有了。

　　所以说，郭一刀名字里的这个"一刀"，更多的是包含着这层意思——你的生活幸福不幸福，甚至美满不美满，全凭他那一刀！

　　这么说是有根据的，有的人就因为郭一刀的那一刀，生活变得很不美满。

　　谁呢？

　　就是那个王木根。

　　王木根总算谈了一个女朋友，他请女朋友到家里来认门，给她看他设计的准备结婚用的大立橱的图样，还想请她吃顿肥肉。

王木根高高兴兴地去肉店买肉。他把肉票递给郭一刀后，央求郭一刀给他割点儿肥的，他有重要客人来，最好给她吃肥肉。王木根指着肉案子上的肉，告诉郭一刀他想要哪块。

郭一刀皮笑肉不笑地看着王木根，拿起磨刀铁棍刺啦刺啦地磨他的刀。

王木根站在一旁，用指头的骨节敲那个肉案子，讨好地对郭一刀说，啧啧啧，多棒的案子！柞木的！一块整板，现在可见不到了，祖传的吧……

郭一刀也不搭腔。

他磨快了刀，咣当一声剁下去。

王木根像木匠吊线那样，眯起一只眼睛盯着刀看。

那把刀在王木根指定的地方顺顺当当地往

下走。

王木根可高兴呢，他想，我可会挑肉啦，一眼就能看出哪块是好肉！只要刀尖顺着往下走，那块油汪汪白花花的肥肉，起码有一半可以切下来，搞不好的话，就是三分之二也说不定……

王木根咕咚咽了一口口水，眼睛放出了光，仿佛看见幸福美满的生活在向他招手。

可问题在这个时候出现了。

"哎！歪啦！歪啦歪……"

王木根叫起来，他看见那把明晃晃的刀好好地走着，走着，眼看要切到肥肉了，郭一刀手腕轻轻一拧，刀尖往旁边一拐……

王木根要提醒郭一刀。

可他话还没说完，郭一刀的刀像判官的笔那样一甩，肉就下来了。

割下来的肉上一丝肥肉都没有！

郭一刀不好惹

王木根傻眼了。

郭一刀拈起一张黄表纸，往那块红彤彤连筋带皮的瘦肉上一拍，抓起来啪啦扔到王木根眼前。

王木根刚想说什么，就听郭一刀大吼一声："下一个！几两？"

王木根都不知道自己是怎么给挤飞出肉店的。

王木根只好回去做瘦肉给他女朋友吃。

这个女朋友最后没谈成。

王木根异常生气，认为女朋友是没吃上肥肉才不和他处的。他气急败坏地去找郭一刀理论，可郭一刀不搭理他。王木根急眼了，捡了块砖头要跟郭一刀拼命。可王木根哪里是练过的郭一刀的对手，叫郭一刀胖揍一顿。

大家都说，王木根就是那次叫郭一刀把脑筋给气出毛病的。有段时间，他逢人就把这事说给别人听，然后恶狠狠地说，迟早要郭一刀好看！

有人把话传给郭一刀，郭一刀把两只手的骨节捏得咔咔响，笑着说，好，好，我等着！

给不给人割肥肉，其实只是郭一刀掌握的权力的一部分。他的权力大得很呢！比方说，他用来扣我鸽子的那个破柳条筐，里面经常放着一些猪下货，心肝舌头肺，有时候还有一挂肠子，甚至半个猪头。这可是抢手货，因为这种东西比肉便宜，还可以煮汤熬冻子！不过要想得到它们，可就不是郭一刀认不认识你，他那天心情好不好的问题了。那你得对他非常有用，或者真是他未来的亲家来了。郭一刀未来的亲家就是前面说过的养过鸡鸭鹅的马大嫂，她在菜场副食品店负责卖酒。郭一刀有时候过去买酒，聊来聊去就成亲家了。那女人过去很瘦，看上去像尖椒，现在像吹气球似的，眼看着就圆起来了，变成柿子椒啦！

郭一刀见天光着膀子，脖子上挂一件油亮的

给不给人割肥肉，其实只是郭一刀掌握的权力的一部分。他的权力大得很呢！

黑色胶皮围裙，右手拿着明晃晃的大刀，左手拿着一根锃亮的磨刀铁棍，他刺棱刺棱地把刀往铁棍上蹭蹭，咣当往肉案子上就是一刀！

谁都不敢惹郭一刀！

大家都敬着郭一刀！

可我的鸽子怎么就落到他的手里了呢？

黑小白啊白小黑，你们往哪里拉屎不好？怎么偏偏往郭一刀这个屠夫的头上拉呀！

鸽子没要回来，我们垂头丧气地离开郭一刀那里，去了二老扁家。

经过一番讨论，我们觉得事情的经过是这样的。

我的两只鸽子自己在房顶上溜达。我们街上都是破旧的平房，房子之间的距离很小。有的两所房子直接就用一个山墙，或者这所房子的后厦檐碰那所房子的后厦檐。从一个房顶很容易就可以到第二个房顶，再到第三个房顶……我如果是鸽子，从天上往下看，肯定认为地上铺着一张打了许多补丁的黑乎乎的凉席。正是由于这种特殊的地貌环境，我跑到二老扁家去看画书时，黑小白和白小黑见没人管，就沿着一个个房顶，越走越远，最后来到肉店的房顶上，又跳到老榆树探出来的树杈上。郭一刀正在树底下抽烟凉快。它们其中的谁拉了一泡屎，这泡屎啪嗒落在郭一刀的脑门上，最后叫他用破柳条筐扣住啦……

"都怪我！"我现在特别懊恼，我看看鸭子、二老扁和孔和平他们，"要是我不训练它俩谁给的食都吃就好了！"

"就是！"二米说，"我当时跟你怎么说来着？鸽子就不应该吃生人给的东西！"

我看看二米，想不起他什么时候给我说过。

"我当然说过，"二米肯定地说，"我告诉过你呀，我为什么每天都爬到房顶上轰鸽子，不叫它们往下落，就是要它们把翅膀练硬。翅膀硬了飞得时间就长，不会累得飞不动落到庄稼地里打野食吃。要是老到庄稼地里打野食，鸽子就废了，早晚叫人家逮住……"

　　我哪儿知道这么曲里拐弯的道理呀！

15
大家出主意

　　就这么叫郭一刀把黑小白和白小黑吃了，我可不甘心。

　　二米也不甘心，他惦记着它们的小鸽子呢！

　　我们商量怎么办。

　　二老扁说，不行来硬的！

　　"怎么来硬的？"

　　"晚上我去打他家黑石头！"二老扁恨恨地

说，"那次要不是他告密，我怎么会叫派出所抓去啊！我认识他家……"

"就是就是，"二老扁他弟三扁插嘴说，"那次我爸揍我哥可狠，扒了裤子揍，笤帚苗子都揍飞了，揍得我哥哭爹叫妈的……"

"滚！"二老扁大吼一声。

"那我的鸽子也回不来啊！"我说。

"没用！"二米说。

"要不我去偷吧，"三扁出主意说，"肉店的窗户檩子我能钻过去，我去偷过郭一刀的猪肝，韭菜炒猪肝可好吃呢，对吧哥……"

"你敢！"二老扁踹了他弟弟一脚。

二米说这备不住可以试试……

"郭一刀不会把鸽子留在肉店的，"会下军棋的徐小杰说，"早拿回家了！"

后来鸭子说话了。

"那我从家里要些杏仁咸菜……"

"干吗？"

"郭一刀经常找我妈要咸菜呀，"鸭子说，"我妈说，郭一刀用它刮肠子上的油，郭一刀吃肉吃得肠子上全是油，不刮会滑肠……"

"喊！"徐小杰说，"人家郭一刀又不缺心眼，又不是王木根，还会拿两只鸽子换你家烂咸菜……"

"你说谁家是烂咸菜？"鸭子不愿意了，他冲徐小杰瞪眼，"你再说说烂咸菜试试！"谁要诋毁他妈的手艺，鸭子绝不允许！

"不过郭一刀真要是滑了肠也怪好，"打乒乓球的孔和平阴阳怪气地说，"叫他一天跑五十次茅房……"

"最好掉茅坑里！"二老扁说。

"可是掉不进去啊，他那么胖！"三扁很

担心。

"拉拉就拉瘦了！"孔和平安慰三扁。

"最好瘦成干巴鸡！"三扁想来想去。

"最好瘦成丝瓜瓢子！"二老扁更有想象力。

"最好直接拉稀拉死！"二米没有想象力，但特别狠。

"最好叫他挤公交车的时候，"徐小杰说，"突然就拉裤里了，跑茅房都来不及，熏得大家哭爹叫娘，司机把他送派出所去，挂个牌子游街，牌子上写着……"徐小杰用手指头抵着腮帮子想了想，"公共场合拉稀罪……"

"哈哈哈哈……"所有人都笑了，我也忍不住笑了。

"那就别给他咸菜！"二老扁说。

"可我的鸽子怎么办？"我说。

鸭子还真跑去找他妈要咸菜了。

不过他又垂头丧气地回来了。

徐小杰问："你妈不给？"

鸭子说我妈不让我掺和这种事情，说还要找郭一刀买肉呢！

又沉默起来，徐小杰和孔和平翻起了二老扁的画书。

我一点儿都没心思看画书，拼命地啃自己的手指头，啃得手指头都出血了，也没觉得疼。

"海子，"孔和平抬起头对我说，"说不定会没事的……"

"什么意思？"二米问。

"也可能郭一刀刚掏出刀来，两只鸽子就被人救走了！"孔和平看的那本是水泊梁山好汉劫法场。

"胡说！"

"唉——"徐小杰忽然叹了一口气。

大家都看他。

"我要是会变魔术就好了,"徐小杰说,"要是会变魔术,我就戴顶礼帽,我把黑小白和白小黑往礼帽里一塞,郭一刀再掏的时候,掏出来两只麻雀……"

"最好是两个癞蛤蟆!"孔和平说。

大家谁都没有想出好办法,叫郭一刀还给我鸽子。

该吃晚饭了,二米叫大家回家去再想,时间很紧迫,今天是礼拜四,到礼拜天只有三天了!

回了家,我一脸的不高兴,我妈也看出来了,问我怎么了。

我就把黑小白和白小黑的事情说了。

我妈皱了皱眉头,说那就算了,不养就不养吧!

我知道我妈不会帮我。她本来就不喜欢小动

物，这两个小家伙来到家里后，也没少添乱，她嘟囔过好多次了，嫌鸽子把屎拉到锅盖上，说床单上也有鸽子的脚印，还说吃的窝窝头上粘了鸽子毛……

我妈近来心情不好，不光是我爸的问题没有解决，还有另一件事。我其实还有一个弟弟，生下来时脑子有些问题，我爸妈弄不过来，就叫我姥姥带着。姥姥住在南方，离这里很远，我妈一般很少回去。可最近我弟弟突然生了病，我妈想请假去探望，但单位不准像我妈这样的人请假。我妈急得嘴上都起了燎泡，她当然不会去管我的鸽子！

那一晚，我躺在床上，辗转反侧，怎么都睡不着，只要一闭眼，眼前就出现我的黑小白和白小黑……它们像两个小孩子似的，张开翅膀，呀呀呀叫着向我求救。它们的后面站着一个赤膊大汉，大汉手里拿着一把亮晃晃的大刀……我想去救我的鸽子，但好像被人施了定身法，怎么都动不了，我急得大叫大嚷……我妈把我推醒了，原来是做了个梦。

我爬起来，想起我的黑小白和白小黑。还有两天的时间，它们就得叫郭一刀吃了。我觉得特别沮丧。

我想去救我的鸽子，但好像被人施了定身法，怎么都动不了，我急得大叫大嚷……

16

出了一件蹊跷事

第二天发生了一件事情。

一大早，我又去了二米家。

我的黑小白和白小黑生命危在旦夕，我百爪挠心，坐卧不宁，急得像热锅上的蚂蚁，在家里待不住。

二米刚爬起来，睡眼惺忪的，张嘴就埋怨我不该训练两只鸽子飞到手上吃食，吃生人给的食，一点儿都不怕人，说看到了吧，看到了吧，要是鸽子不吃生人给的食，就不会被郭一刀抓住了。

我听了很不服气，我说：

"你也喂它们呀，你一来就这么喂它们……"

"可我不算生人呀！"二米干脆地说，"它们下了蛋孵了小鸽子是我的！"

这些话听着怪别扭。

二米钻到床底下，把鸽子都撵出来。

那些鸽子出来后，一撅屁股，噼里啪啦各自都拉一泡屎，东一摊西一摊，拉了一大堆。

二米他妈从床上爬起来，蓬头垢面地去给儿子们做饭吃。

三米四米五米他们还在床上睡大觉。他们几个的头发都是二米他爸自己用剪刀剪的，也不知道是手艺不好还是工具不行，都给剪成一道一道的，看上去像西瓜田里的一堆西瓜。

二米从床底下钻出来，他的头上顶了一块抹布。他妈走过来，踢了儿子屁股一脚，把那块抹布拿走，嘟囔，怪不得找不到洗脸毛巾了……

二米手里还抓着一只呀呀呀叫唤的小鸽子。这个小家伙刚孵出来不久，二米必须把它从窝里掏出来，否则它不出来。

二米吩咐我去撮些炉灰来盖鸽子屎。

我懒洋洋地干着。

孔和平从外面跑进来，他哈哈大笑，还大呼小叫。

"怪事喂怪事喂……"

二米正在院子里喂他的鸽子吃食，那些鸽子被孔和平吓得扑啦啦啦乱飞。二米气得要对孔和平起飞脚。

孔和平赶紧站住。

等鸽子安静下来，孔和平满脸兴奋地说：

"真是怪事喂！"

"什么事？"二米说，"麻溜说，别神神道道……"

孔和平把事情说了。

孔和平一早去菜场买菜，见郭一刀的肉店门口闹哄哄的，不知道出了什么事，就跑去看。他看见郭一刀在那里跳着脚骂人呢！

郭一刀样子很滑稽，他浑身精湿，光光的脑袋上满是油花子。太阳照在上面，油花子五颜六色闪闪发光，孔和平形容说，郭一刀的头简直像肥皂泡！

郭一刀的脚边有一个掉了瓷的脸盆和一把烂笤帚。

孔和平发现连派出所的人都来了，说派出所

的人是来破案的，发生了一个案子……

二米一听这个就来了劲，忙问是什么案子。

"肉店里的肉案子没啦！叫人偷走啦！"孔和平笑着说，"不但把肉案子偷走了，还在肉店的墙上写了很多字。"

孔和平说他听人议论，郭一刀一早来上班，发现店门半敞着，心想这是怎么回事。他急忙推门察看，却从门上掉下一盆水来，全泼在他身上。一把破笤帚也掉下来，砸到他头上。郭一刀还没来得及开骂，睁眼一看，发现肉案子没了，对面墙上还写满了字画满了画……

"后来派出所的人就把我们撵走了，"孔和平说，"他们要破案……"

"走！看看去！"

我们赶过去的时候，郭一刀的肉店前面已经没有人了，门也关了。

我们扒着窗户往里面看，郭一刀的肉案子果然没有了，只剩下两个支肉案子的砖垛子竖在那里。

再看迎面的墙上，用红白粉笔写了好多字画了好多画。

我们仔细辨认那些字，都是骂郭一刀的。那些画不是猪头就是王八，要不就是缺胳膊少腿的小人，还有些不好在这里说的玩意。

看得我们哈哈大笑。

有人过来买肉，发现肉店门紧闭着。又见我们在窗台上，就问我们怎么回事，发生了什么。

"肉案子没啦！"我们说，"叫人偷啦！"

"居然还有这种事情，"买肉的人想不通，摇头说，"还有偷肉案子的，偷那东西有什么用处？"

孔和平说，不知道！

我们扒着窗户往里面看，郭一刀的肉案子果然没有了，只剩下两个支肉案子的砖垛子竖在那里。

又来了一个买肉的，这人我认识，是山水沟街南头医院的医生，姓曲，做过我爸的学生，我管他叫曲叔。

曲叔见肉店的门关着，就问我：

"喂，海子，怎么关门了？郭一刀呢？"

"肉案子叫人偷走啦！"我说。

"不卖肉啦！"二米说。

曲叔挤过来往窗户里看，嘟囔："居然有这种事情！可怎么买肉呢？买肉怎么办？"

曲叔看上去很急的样子，我问曲叔怎么啦。

曲叔告诉我说，他家老太太住院了，郭一刀给留了大棒骨，要给老太太熬肉汤。可郭一刀人不见了，老太太要喝肉汤，这可怎么办？

曲叔急得直搓手。

我说："曲叔，那你去派出所吧，郭一刀在派出所呢！"

曲叔赶紧往派出所跑。

派出所的同志马不停蹄地开始破案。

他们不但对现场进行勘查，从中寻找蛛丝马迹，还发动群众提供破案线索。这叫作大打人民战争，叫敌人插翅难逃。

山水沟街的居民提供了各种各样的线索。

说听见地排车轱辘响的。

说听见脚步声的。

说听见咳嗽的。

说听见喘粗气的。

……

但由于是三更半夜，大家都在床上睡觉，所以都是只闻其声，未见其人。

派出所觉得这种线索价值不大。

其中有一条线索，虽然也是只闻其声不见其人，但派出所认为怎么也得管管。这户人家的人红着眼珠子来控诉，说他的邻居半夜就开始锯木头，吱嘎吱嘎一直锯到天快亮才住手，害得他们全家人一晚上都没睡好觉。

派出所就叫那人领着去查看。

那人领着去了，敲了半天门才把里面的人敲出来。

有人揉着眼睛开了门。

知道是谁吗？

就是木匠王木根！

17
派出所捉住了王木根

　　派出所的同志敲了半天门把王木根敲出来。
派出所的同志一看到王木根就想笑。这个王木根
困得老想往地上栽，而且还顶了一头一脸的包。
派出所的同志进屋检查，结果人赃俱获。
　　国营肉店的肉案子就在王木根家！
　　派出所的同志把王木根带回去，进行了审问。
　　山水沟街什么事情都保不了密，派出所的事

情也同样保不了密，很快我们就知道究竟发生了
什么。

那天派出所的同志一进王木根的家，就发现
了肉店丢失的肉案子。

但一开始派出所的同志并没看出来那是肉
案子，他们只是看见有个巨大的东西在门后面
的黑影里闪闪发光。他们想，这是什么玩意呢？
他们过去仔细检查，发现那是一块长长的厚木头
板。这个与众不同的木头板浑身上下油光瓦亮，
中间部分还有一个很大很深的洼儿。派出所的同
志觉得这东西相当眼熟，他们用手指头一揩，揩
下一溜子板油来，又凑上去闻，连口水都下来啦，
这简直就是一大块刚在热水里沏好，准备下锅的
五花肉嘛！

派出所的同志心想，这个案子算告破了！

不过，他们仍觉得有些诧异。他们虽然认定

这就是国营肉店丢失的那个肉案子确凿无疑，但看尺寸却不是一个完整的肉案子，它比原先那个肉案子窄了许多，只能说它是过去的肉案子的一部分。

那么肉案子另外的部分呢？

如果不找到另外的部分，不能还原出一个完整的肉案子，这个案子破得就不能说圆满。派出所的同志问王木根，他怎么把肉案子给弄成这样了，肉案子的另外部分究竟给弄到哪里去了……

可是王木根又歪在床上睡着了，呼噜打得山响，摇了他半天都没把他摇醒，可见他昨晚把自己折腾得有多么累啦！

派出所的同志只好继续搜查。

派出所的同志在王木根的床底下，在他准备打结婚用的大立橱的那堆木料里面，发现了国营肉店肉案子缺失的部分。

他们把昏睡中的王木根架回了派出所。

王木根被弄醒以后，对偷窃国营肉店的肉案子的行为供认不讳。

派出所的同志想了解王木根的作案动机，就问他："为什么要偷国营肉店的肉案子呢？"

"做大立橱用啊，"王木根振振有词地说，还用手比画，"我做大立橱就缺四根长樘子，只要有四根樘子我就能把大立橱做起来。做好了大立橱，我就能娶媳妇啦！"

"就这个理由？没别的目的？比如故意破坏……"

"每次下大雨我都……"王木根自说自话。

"这个不要说了王木根，这个我们都知道！"

"所以我准备了第二套方案……"

"什么第二套方案？说！"派出所的同志一

王木根被弄醒以后，对偷窃国营肉店的肉案子的行为供认不讳。

拍桌子，他们对这个很感兴趣。

"不过郭一刀把肉案子剁毁了，啧啧啧啧，"王木根叹息道，"他手拙，刀法不行，把好好的木头都剁烂了，否则还能出一套五斗柜的料……"

"别说了！"派出所的同志喝道，"下一个问题……"

"可惜了了！可惜了了！"王木根遗憾得直搓手。

"住嘴！"派出所的同志喝道。"除了偷肉案子，"他问王木根，"墙上的那些字和画，还有门上的那盆水那根笤帚也是你干的吗？"

王木根愣了一下。

"是我干的！是我干的！"王木根连连点头。

"有没有共同作案的？有没有同谋？"

"没！没有！"王木根一口咬定。

"喂，王木根，你头上的这些包是怎么回

事？"派出所的同志憋不住老想笑，他们觉得王木根的头看上去像水果店里的菠萝，便问他。

王木根抚抚那些包，说蚊子咬的。

派出所的同志没有再往下问，毕竟这个案子没有造成大的损失，只是丢了一个肉案子，还找了回来。虽然被弄坏了，但也算不了大案要案。再说了，这个王木根脑子的确有毛病，竟然想到偷肉案子做大立橱，他想媳妇想疯啦！这种人，再问也不可能问出个子丑寅卯来。

那个被王木根破坏了的肉案子又叫人抬回了肉店，郭一刀用它继续卖肉。

现在的肉案子还是放在那两个砖垛子上，它变得细细长长的，像用旧的长条凳。郭一刀这么一个大汉，手里拿着大刀，站在细长条的肉案子前面吭吭地卖肉，让人想起二老扁他那个胖妈在搓衣板上嘎吱嘎吱地洗衣服，看上去减了不少威风。

18

肉案子是怎样失踪的

不过这个故事还没完，需要补叙一下。

过了一段时间，有一天，二老扁找我，要给我说一件事情。

我问什么事情呀？

他叫我一定保密，说这件事一直想说但憋着没说，但实在憋不住啦！

我说行，保密！

二老扁问我，郭一刀丢肉案子的事情你还记得吗？

我说当然记得！

"你知道墙上的那些字是谁写的吗？还有门上的那盆水和笤帚……"

"不是王木根吗？"

"不是！"二老扁摇摇头。

"那是谁？"

"我！"二老扁得意地说。

二老扁给我还原了事情的经过。

原来是这样的。

那天晚上等到夜深人静，他就和弟弟三扁来到肉店。他要找郭一刀来报仇，当然也为我出气。

二老扁对地形很熟悉，肉店的窗户上缺了一块玻璃，但由于安有铁窗户檩子，他们就没再装玻璃。二老扁从缺玻璃的窗格子伸进手去，把窗户插销拔开，窗户就开了。但怎么进去呢？不是还有铁窗户檩子挡着吗？其实前面我说过，二老扁的弟弟三扁说，他还进肉店偷过郭一刀的猪肝呢！二老扁帮着弟弟爬上窗台，三扁把脑袋扭过来，往窗户檩子里面挤，他那平平的后脑勺正好不碍事，就是鼻子有点碍事。三扁把鼻子往下一按，先进头，再进脖子，吱溜，就像泥鳅一样从两根铁条之间的缝隙钻进去啦！

　　肉店的门是从里面用销子销住的，郭一刀每天下班从里面销上门。肉店还有个旁门，通往旁边的粮店，郭一刀就走旁门，再从粮店的大门出去。三扁把门上的销子拨开，打开门，二老扁就进了肉店。

　　二老扁从口袋里掏出粉笔，借着路灯照进来的光，开始在肉店的后墙上写写画画。他把对郭一刀的愤怒都倾注到他的粉笔头上。他要，叫这

个把他送进派出所、让他在伙伴们面前丢了份儿
的屠夫挨油炸挨火烧打倒了再给踏上一只脚，变
成丑陋肮脏的魔鬼，变成所有他能想得出的稀奇
古怪的玩意，叫他明天看见了最好羞得一头撞到
墙上撞破脑袋……

二老扁正画得起劲，突然头顶上传来一阵
响动。

可把二老扁吓坏啦！他的头皮直发麻，身上
起了小米粒，汗毛一根根竖起来，冷汗唰地出来
了，心想，是不是鬼来啦！

三扁哇地大叫一声，抱住了二老扁的腿。

只听哐的一声巨响，一个黑影从天而降！

还没等二老扁反应过来，一张坚硬的大手就
把他的嘴捂住了，二老扁的叫声也给生生地塞进
了肚子里。

二老扁已然吓瘫，觉得这次肯定要被鬼吃

掉了。

"王木根！"三扁大叫一声。

那只手松开了。

二老扁回头一看，果然是王木根。

两个人简单交流了一下。

王木根问二老扁是怎么进来的。

二老扁指指那个缺了玻璃的窗格子。三扁自豪地说，是我钻进来的！

"唉，"王木根叹了一口气，摇摇头说，"早知道还费那么大的劲？跟着你们进来不就得了……"

二老扁问王木根是怎么进来的。

王木根告诉二老扁，说他为了怎么能进来研究了好久。他发现肉店被郭一刀搞得像动物园里关狗熊的铁笼子，十分严实。都快绝望的时候，有一天他帮着副食店的人抓老鼠，他从天花板上的通气口伸进头去，两边一看，嘿，真是想睡觉来了枕头。原来整排房子的天花板是通的，每间房子的天花板上都有通气口，而东西山墙上各有一个出口，出口用木头算子拦着。王木根又出去观察了一下山墙上的木头算子，确定它一拳头就能砸开。这天晚上，王木根就从东山墙爬上去，砸开木头算子，钻进了天花板。

王木根一动不动地藏在天花板上等待时机。有老鼠在他身边噜噜地跑他也不动，有虫子往他衣服里钻他也不动，蚊子叮他他也不拍——他那满头包就是这么落下的——一直等到整排房子最后一个人离开。

王木根确认没有任何危险了，才爬到肉店的天花板顶上，从通风口往下一跳……

"王木根你差点没把我吓死，"二老扁说，"我以为来鬼了！"

"你把我也吓得够呛，"王木根说，"我以为走漏了风声！"

二老扁又问王木根：

"那你来干什么？"

王木根没回答，他借着灯光看二老扁在墙上画的画。

他歪着头看了会儿，似乎觉得有趣，就要过二老扁的粉笔，也在墙上写写画画。

王木根画得其乐无比。

中间窗外的马路上传来脚步声。王木根很机警，他把一根手指头放到嘴唇上嘘一声，三个人就蹲到黑影里。

二老扁觉得好刺激。

王木根认为差不多了，拍拍手上的粉笔灰，说好了，干正事！

王木根对二老扁说，今晚的事情咱俩谁都不

许往外说！我也不把你的事情告诉别人，你也别把我的事情告诉别人！

二老扁说，我不会说！

王木根说，拉钩！

二老扁伸出小指头，王木根和他拉了一下。

三扁说我也拉！王木根也和他拉了一下。

王木根走过去，嘿哟一使劲，把肉案子从砖垛子上掀起来。

肉案子太大，三个人先把肉案子弄出门外。

"帮把手！"王木根蹲下说。

二老扁和三扁帮着王木根把肉案子背到背上。

"沉吧？"二老扁问王木根。

"越沉越好！"王木根喘着粗气说。

王木根站起来，背着肉案子走了。

从后面看，他像是一个佝偻着腰的可怕巨人，迈着沉重的步伐，逐渐隐没在黑暗里……

二老扁带着弟弟也要走，临出门时觉得不过瘾，想了想，想起在学校做的恶作剧。他叫三扁帮着，把郭一刀卖完肉洗手的那盆水小心地架到半敞的门上面，又把郭一刀扫地用的烂扫帚也放到水盆上。

二老扁带着弟弟也要走，临出门时觉得不过瘾，想了想，想起在学校做的恶作剧。他叫三扁帮着，把郭一刀卖完肉洗手的那盆水小心地架到半敞的门上面，又把郭一刀扫地用的烂扫帚也放到水盆上。

第二天早上，郭一刀来上班，他看见门半敞着，心想这是怎么回事？

跑过去一推门……

做了这么漂亮的事情，二老扁当然憋不住呀！

19

找个能管住郭一刀的

又一天过去了。

我的黑小白和白小黑命悬一线。

我们又聚在徐小杰家。

徐小杰和孔和平下军棋。

"炸！"

孔和平用司令吃了徐小杰一个团长，徐小杰上去就是一炸弹。

孔和平一脸沮丧，一把把棋盘掀了，说不玩了不玩了！徐小杰军棋下得好，就像二米是养鸽子大王和吹牛大王，二老扁是抢菜大王，鸭子是玩杏核大王，徐小杰就是军棋大王。

徐小杰下军棋有个特别的长处，就是特别会用炸弹，他把炸弹用得出神入化。

他的营长或者团长后面总是跟着一个炸弹，无论谁把他的营长或者团长吃了，他一炸弹就把它炸了，而且挨炸的这个倒霉家伙，一定不是旅长，也不是师长，至少是军长，弄不好就是司令。我们问徐小杰是怎么知道那是军长或者司令的，可这个小气鬼永远都不告诉你他是怎么知道的。所以我们谁都下不过他。

徐小杰一边从地上捡棋子儿，一边嘟囔："怎么就没人能管管郭一刀这个司令呢？"

"什么意思？"孔和平问。

"就说下军棋吧，"徐小杰说，"司令管军长，军长管师长，师长管旅长，可司令再厉害，还有炸弹炸呢！"

徐小杰的这句话倒是启发了我们。对啊，难道就没谁能管管郭一刀吗？再厉害的学生，在学校里都有老师管着。大象再有力气，也怕老鼠钻鼻孔眼……

"徐小杰说得有道理，"二米说，"郭一刀即便真是郭司令，也总该有个炸弹管着吧！"

"要不咱们去告派出所吧！"鸭子说。

"没用！"我说，"派出所可不管这种事情。再说，我的鸽子确实拉了郭一刀一头屎啊！"

"没错！"二老扁说，"所有人都看到啦！"

这办法还是不行。

大家又沉默起来。

"呀！"二米怪叫一声，把大家吓了一跳。

"你闹什么症候？"孔和平问二米。

"我想出能管住郭一刀的啦！"二米兴奋地说。

"谁？"

"我德惠姨！"二米说。

"德惠姨？"

德惠姨我认识，就是二米他亲姨，他妈的妹妹。

可不是吗？德惠姨可是个人物，在山水沟街上绝对大名鼎鼎。

德惠姨在五金交电公司上班。

五金交电公司可是个不得了的地方。为什么呢？因为它管着卖自行车、缝纫机和收音机！

这些东西都是凭票供应，跟买肉一样，买自行车要有自行车票，买缝纫机要有缝纫机票，买收音机也要票。票可不是随随便便能弄到的。一

徐大杰这家伙骑着他的自行车从我们面前经过时，总是把车把上的转铃按得丁零零一串响，同时还拼命地用脚倒车链子，大链盒里发出哗啦哗啦的声音，可威风呢！

个工厂一个季度只能分到几张票，僧多粥少，公平起见，只好抓阄来分配。所以，谁要是有一辆自行车，尤其是名牌自行车，比如凤凰、永久、飞鸽，那绝对震了，绝对叫人无比羡慕。在我们山水沟街上，只有徐小杰他哥徐大杰骑着一辆凤凰牌的大链盒自行车。徐小杰家有海外关系，他亲戚在外国当华侨，家里有侨汇券，用侨汇券可以在华侨商店买到自行车，徐大杰的自行车就是在华侨商店买的。徐大杰这家伙骑着他的自行车从我们面前经过时，总是把车把上的转铃按得丁零零一串响，同时还拼命地用脚倒车链子，大链盒里发出哗啦哗啦的声音，可威风呢！

徐大杰特别珍惜他的自行车，每天用油抹布擦车，把车子擦得锃明瓦亮一尘不染，连轮子上的辐条都一根一根擦过。

我们还注意到徐大杰和他的自行车的一些

细节。

进出山水沟街有个长长的坡，徐大杰从来不骑着车子上下坡，都是推着走。上坡时推着走我们理解，别把车链子踩断了。但下坡时为什么就不骑呢？要是下坡的时候骑车从坡上冲下来，再把链子哗啦哗啦一倒，铃声响成一串，那不是更威风吗？

徐小杰说，那你们就外行啦！下坡当然不能骑，下坡骑就要捏刹车，一捏刹车刹车皮就磨自行车轮子上的瓦圈，磨长了把电镀磨掉了瓦圈就黄了，瓦圈一黄，自行车就废了。

我们又问，那你哥扛着自行车走是什么意思？

徐小杰说，那是下过雨啊，下过雨街上会积水，要是骑车经过水洼，水会溅到车上，车子容易生锈，一生锈，自行车就废了。

我们都嫉妒有一辆好自行车的徐大杰，尤其

是不愿听他在我们身后按转铃。有一次，二老扁趁徐大杰不注意，把他的转铃上的两个铃铛皮都拧走了，可把徐大杰疼坏了。他费尽千辛万苦又淘换到铃铛皮，然后在厂里车了一个圆形的铁卡子把铃铛护起来，二老扁就没办法了。

对呀对呀，德惠姨在我们山水沟街的名气可大呢！谁都想和她把关系搞好，尤其是家里有孩子要进工厂上班，或者是有人要结婚，一见她就低眉顺眼地说好话，希望她能给帮上忙，搞到一辆自行车或者一架缝纫机。没准郭一刀也有这方面的需要呢？他闺女不是要结婚吗？嘿！

我们叫二米赶快去找德惠姨！

可二米眼珠一转，说他有个条件我先得答应。

只要能把我的黑小白和白小黑要回来，什么条件我都答应。

"你说吧！"我看着二米。

"德惠姨要是把鸽子要回来，"二米说，"得先放我这里养，等下了蛋我再把鸽子还你……"

原来是这样，二米这是趁火打劫啊，不要小鸽子直接要蛋自己孵啦！

我想只要是我的鸽子没事，蛋就蛋吧，就说行！

二米就去找他的德惠姨给我要鸽子。

我突然也想起一件事情。

二米有他的德惠姨，我有我的曲叔呀！

曲叔我前面说过，就是在医院里当医生的那位，他曾经是我爸的学生。曲叔在山水沟街受尊敬的程度一点儿都不亚于德惠姨。

曲叔并不住在山水沟街上，但他上班必须经过山水沟街。走在路上，所有人都跟他打招呼，因为所有人都有可能生病，生了病就需要去医院，去医院就要找曲叔帮忙，给介绍大夫，帮挂号拿药，如果要住院还要联系病床。即使不去医院，要是能碰到曲大夫，问些有关生病的问题，小病小灾的马上就解决了。所以曲叔在山水沟街上也是个人物。

曲叔对我不错，见了我总是热情地拍我脑袋，我知道这是因为我爸的缘故。有几次我发烧去医院，我妈都是找的曲叔，他跑前跑后忙得不轻。

我有时候自己也会去找曲叔。我找他主要是为了开病假条。我不想去学校了，就找他开病假条，他马上就开。

我想我为什么不能去找曲叔呢？

说不定曲叔就能管住郭一刀呢！

难道卖肉的郭一刀就不生病吗？

关键是如果曲叔把我的鸽子要回来，我的黑小白和白小黑就不必被二米留下，像只母鸡似的给他生蛋啦！

说干就干。我拔腿就跑，跑到医院，找到曲

叔上班的那间屋。

曲叔坐在桌子前面给人看病，好多人在他面前排队等着。

我挤过去叫了一声曲叔，曲叔抬起头来，示意我等一下。

我就在外面等。

过了一会儿，曲叔出来，问我有什么事。

我就把事情说了。

曲叔摇摇头说："这事难办！"

我急了，拼命央求曲叔，叫他无论如何救救我的鸽子。

"好吧，"曲叔说，"那我去试试。"

我出主意说："曲叔你给郭一刀说以后生病了……"

"不行！"曲叔说，"没有说这个的！"

20

谁也不是大炸弹

我焦急地等待结果。

我隔不多大会儿就跑去问二米一趟，"德惠姨答应了吗？""她去没去找郭一刀？"

二米最后说你急个屁！德惠姨当然答应，我说的她都答应，可她还要上班呢，她说下班时顺便去买肉再找郭一刀。"瞧好吧海子，我德惠姨在山水沟是属这个的。"二米跷起大拇指朝后面指，

"这种事情张飞吃豆芽小菜一碟！不过咱可是说好了……"

我说知道知道，说话算数！

我觉得我的鸽子有救了，心情自然不错，就去找徐小杰下军棋。

这个徐小杰的确厉害，用炸弹把我的司令炸掉好几次。但我一点儿都不生气，甚至想叫徐小杰多炸几次才好呢，因为我觉得那个司令就是郭一刀郭司令，这家伙准会被德惠姨这颗炸弹炸得粉身碎骨。

我们下棋下得连时间都忘了，徐小杰过去拉开灯我才发现天都擦黑了。我想坏了，忘了德惠姨的事情了。我把棋盘一推，撒腿就跑。

我跑到二米家，正赶上他喂完了鸽子，把鸽子往床底下轰。

我一头闯进去，吓得那些鸽子扑啦啦乱飞。

他爸正在饭桌上吃饭，赶紧用手把碗捂上。

二米踢了我一脚，把我拉到屋外。

"怎么样？"我满怀希望地问二米，"成了吧？"

但一看二米的表情我就明白了。

二米一脸的沮丧，摇摇头。

我急了，揪着二米的衣服，说：

"为什么？德惠姨都不行？"

二米把经过告诉我。

二米说，德惠姨下班去买肉，跟郭一刀说了鸽子的事情，可是郭一刀根本不理这个茬。德惠姨说这样吧老郭，你把鸽子还给他们，我以后再有自行车、缝纫机或者收音机的指标，我就给你留着。可郭一刀说，我既不会骑自行车，也用不着蹬缝纫机，街上的大喇叭头子里成天唱戏唱歌说快板，我也犯不着自己去费电呀！德惠姨说，不是你闺女要出嫁……可郭一刀还没等我德惠姨把话说完，就拿眼白睖她说，我那是嫁闺女，又不是娶媳妇，凭什么往里面搭钱呀！我还是留着那俩家伙自己吃吧，据说那还是什么乌……对，何首乌，大补呀！

二米气哼哼地说："郭一刀还对我姨说你买不买，要买拿票来，不买下一个。一点儿都不客气，把我德惠姨气得呀！"

"那怎么办？"我丧气地问二米。

"可我德惠姨说，"二米一口一个德惠姨，"对于郭一刀这种滚刀肉气归气，但也不好跟他翻脸。德惠姨说，郭一刀他可以不骑自行车，不蹬缝纫机，不听收音机，可咱们不能不吃肉啊！德惠姨说郭一刀这个家伙太黑，只要手一偏，一点儿肥肉就都没了……德惠姨还劝我说，二米咱就不和他一般见识了，你那么多鸽子，就不差这

我在马路上飞奔。

我七拐八拐。

过马路的时候把一个骑自行车的都撞倒了。

两只了，叫他吃吧，吃滑了他的肠子！"

唉——

看来德惠姨这颗炸弹也炸不了郭一刀这个司令！

但我还有另外一个希望。

我撒腿就跑。

"海子，你干什么去？"二米在后面大声喊。

我顾不得理他。

我在马路上飞奔。

我七拐八拐。

过马路的时候把一个骑自行车的都撞倒了。

我一脚踩空摔了个嘴啃泥。

我都不在乎。

我一直跑到曲叔的家。

我推门进去，曲叔正在吃饭。

他一见我，就说："哦，是海子啊，吃饭了吗？"

我没回答，我盯着他看。

我希望他说成啦海子！

最起码也是说，哦，我还没去……

可曲叔却用我最不希望看见的表情回答我，他放下碗，皱着眉头，对我摇摇头。

我一下子泄了气。

曲叔跟我说，他去买肉的时候，给郭一刀商量能不能把鸽子还给海子，海子是他老师的儿子，他老师现在又不在家，孤儿寡母也挺可怜的……郭一刀说那他不管，那鸽子拉他一头屎，大家都看见了，反正他要吃，还说那是什么何首乌，大补！

"这人真没文化，"曲叔撇嘴说，"还何首乌呢！我告诉他何首乌是一种植物，这是动物，是鸽子！"

曲叔说，可郭一刀拍拍肚子说，他才不管动

物还是植物，只要能补就成！

"我一急，我就说，"曲叔苦笑着对我说，"这样吧老郭，以后你要是生个病什么的，尽管找我……可我话还没说完，郭一刀就把眼睛瞪得像酒盅子那么大，"曲叔把拇指和食指圈起来跟我比画，"他用刀指着我说，你说什么？你再说一遍！我说你别急啊老郭，我的意思是你要是有个病有个灾的，这谁都避免不了……可郭一刀说你这是咒我哪，你敢咒我！我觉得他那会儿杀了我的心都有，我吓得赶紧跑。我跑出去老远了，还听见他在后面砰砰砰地拍胸脯，说我这辈子还没生过病，我一辈子都不生病，我用不着你们这些四眼子郎中！"

曲叔是近视眼，戴一副眼镜。

曲叔摊摊手，懊丧地说：

"没给你办成，海子，我只能做这么多了，

我不敢得罪他呀，这个郭一刀是个泥腿，他太黑，手一偏，一点儿肥肉都不给你留下。我妈身体不好，还想找他买点大棒骨熬汤补补呢……"

像曲叔这么重要的人，碰到不生病的郭一刀，也毫无办法。

曲叔这颗炸弹也炸不了郭一刀这个司令！

我垂头丧气地往回走。

我边走边想，你可以不骑车，不生病，但没有人能不吃肉，所以没有人能打败郭一刀。郭一刀是一个不怕炸弹的司令。我的可怜的黑小白和白小黑啊，看来是没人能救啦！

21
我要救我的鸽子

　　我真的绝望了，我的黑小白和白小黑就要进郭一刀的肚子了，可是没有人能够救它们！谁都没法打败凶恶的郭一刀！

　　我又在床上辗转反侧了一夜，做了各种各样奇怪的噩梦，都与我的两只鸽子有关。

　　起来后，我的心里没着没落，在家里坐立不安，就出了门。

路上碰到徐小杰。

徐小杰看看我，眼里露出关切的目光。

"去我家吧，"他对我说，"咱俩下军棋，海子……"

"不去！"我哪有心思干那个。

"我告诉你怎么用炸弹，"徐小杰拉住我说，"我对谁都没说过，保证你以后……"

"不去！"我大吼一声，吓了徐小杰一跳，他赶紧松了手。他当然不知道，他一说下军棋，我马上想起该死的司令，谁也管不了郭司令！没有一颗炸弹能够炸得了郭一刀！

我继续往前走，又碰到二老扁。

二老扁看看我。

"去我那里看画书吧，"他讨好地对我说，"我知道还有好几本你没看，我就没还，给你留着……"

"不去！"我现在哪有心思看画书，再好的画书也救不了我的鸽子。

我又往前走，碰到爱打乒乓球的孔和平。

孔和平拦住我。

"给！"他从裤兜里摸出一个乒乓球，"还没打坏，你拿去，海子，做鸽哨……"

我推开孔和平，我现在要鸽哨有屁用！

我继续往前走，碰到了鸭子。

鸭子拍拍我。

"海子去哪里？"鸭子说，"杏仁咸菜腌好啦，可好吃呢！我妈给你装了一大瓶，跟我去拿吧……"

我摇摇头，现在我对什么东西都没有胃口，除了滴答流油的郭一刀！

路过二米家门口，照往常我肯定要拐进去看他的鸽子，但今天我加快了脚步朝前走，我现在

可不想见到他的那些鸽子，一见到那些鸽子，我
就会想起我的黑小白和白小黑。

昂昂昂昂——

声音越来越大。

是二米的鸽子飞来了。

我抬起头来。

阳光刺疼了我的眼睛。

二米的鸽群正从我的头顶飞过。

我都能听到它们扇动翅膀时发出的呀呀呀
的声音。

还有那鸽哨的声音——

昂昂昂昂……

就在这时，我的脑海里突然跳出了个胡卫
华！我想起那天赵理践把鸽子交给我时转达的
那番话。

胡卫华说喜欢它们就要保护它们！

叫我好好照顾它们！

我记得清清楚楚，一个字都没漏掉！

胡卫华！

此时我的胸膛里好像装了一个……一个崩爆米花的炉子，炉子里面塞了我的黑小白和白小黑，塞了我的欢乐、希望和悲伤，还塞了肥头大耳的郭一刀，塞了那个油脂麻花的破筐，塞了二米他们，现在又塞进一个胡卫华，塞进他说的那些话，里面被塞得满满的啦，再也塞不下什么啦！

炉子在我心中熊熊的怒火里旋转，旋转。

开始膨胀起来……

砰的一声，我感到有什么地方爆炸啦！

我突然生出了天大的勇气。

我抹了一把热得发烫的脸，拔腿就跑。

我要救我的黑小白和白小黑！

我不管炸弹不炸弹，即使没有炸弹，我也要

救我的鸽子，我就是要救我的黑小白和白小黑。

我不顾一切地向前飞奔。

我要救我的鸽子。

大家都给我让开路。

有人朝我指指点点。

一只鸡吓得飞到了墙头上。

我踢飞了一个滚到路上来的垃圾桶。

……

我跑进菜场。

我一头撞进肉店。

有人在排队买肉，我像疯了一样往前撞，把排队的人撞得东倒西歪。

有人叫起来，喂！喂喂！别插队！后面排队去！

有人干脆骂起人来。

还有人拽我的胳膊。

我挣脱开来。

我三下两下挤到了肉案子前面，就是那个像洗衣搓板似的肉案子前面。

炸弹炸不死的司令郭一刀正在给人割肉，他嘴角叼着一个烟屁股，飘起来的烟熏得他眯起一只眼睛。

郭一刀听到面前有响动，慢悠悠地睁开眼，看见是我站在肉案子前面。

"后面排队去！"他呵斥道。

我大叫：

"还我鸽子！"

"什么？"郭一刀抬起头来，烟屁股在他嘴角一跳一跳的，"你是谁啊？没看正忙吗？捣什么乱啊！后面排队去！"

"你还我鸽子！"我梗着脖子大声叫道，站在那里不动。

后面开始议论纷纷。

郭一刀瞪眼看着我，呸地一下把烟屁股吐掉，突然笑起来。他的笑声像鸭子叫。

"嘎嘎，我知道啦，"郭一刀笑道，"你是前街的什么来着……"

"还我鸽子！"我大声说。

"你还想要那两只鸽子？"郭一刀说。

"当然想要，你还我鸽子！"

"喂，喂喂，可你的那两个家伙拉了我一头屎啊，"郭一刀阴阳怪气地说，"大家都看到了啦！"

"你还我鸽子！"

"往人家头上拉屎可不行！谁也不能往人家头上拉屎……"

"你还我鸽子！"我只会说这一句。我的眼泪马上要下来了，我拼命忍住。这个时候我不能哭，决不！

"嘿，"郭一刀似乎生气了，"我还就是不还了！"他说着，把手里那把亮晃晃的刀往肉案子上一剁，刀尖深深地戳进肉案子里，刀身立在那里，像风中的旗帜那样不停地抖动，发出哗琅琅的声响。

后面有人发出惊呼。

"知道吗？明天我就把它们吃掉！"郭一刀双手撑着肉案子，把光脑袋伸向我，露出被烟熏黄的牙齿，"听着，连骨头一块儿吃！对了，那俩家伙叫什么来着，什么鸟？……"

我的脑袋像徐小杰那个碰到司令的炸弹，哐地炸开了！我不知道怎样才能发泄我的愤怒。我捏紧了拳头，我的身体在颤抖，我的太阳穴那里怦怦直跳。我使劲盯着郭一刀的光脑袋。他朝我咧着大嘴，像在怄我。我想找个什么……肉案子的猪肉！可它有半边猪那么大……恍惚中，我看见那把还在抖动的刀。沾满了油的刀柄闪着亮光，像一只光溜溜的小老鼠。在猫面前吓傻了的小老鼠。我就是那只猫！我一下子伸出双手……

我捏紧了拳头，我的身体在颤抖，我的太阳穴那里怦怦直跳。

22
鸽子和猪肝

我听到一片惊呼。

我被人拦腰抱起来，连拖带拽地往外走。

我拼命挣扎。

我用脚抵住地面，身体往下坠，我不想被人拖走。

我大喊大叫。

我说："还我鸽子！还我鸽子！"

我再也忍不住了，我的眼泪哗哗往下流，我号啕大哭。

出了肉店的门，有认识我的拉着我往家里走。我用脚蹬着地，就是不走，我的衣服都要被从头上脱下来了，我哭喊着："我要我的鸽子！我要我的鸽子……"

我听见郭一刀扯着嗓子在后面大喊大叫。

那几个人急了，说海子快走！小心他出来揍死你！

我说揍死就揍死，我要我的鸽子！

他们人多劲大，把我连扯带推地弄走了。

他们一边走一边往回看，怕郭一刀追上来。

可是郭一刀并没追过来。

他们把我往家里送的时候，正好迎面碰到送煤球的赵理践。赵理践好久没到山水沟街来了，他要给四周围好大一片地方送煤球，忙得很，所以山水沟街不常来。今天他送煤球又送到山水沟街，正赶上几个邻居送我回家。

赵理践把车停下来，叫了我一声。

我抬头一看，见是赵理践，鼻子一酸，又哇哇大哭起来。

赵理践很诧异，忙问发生了什么事情。

那几个邻居把刚才的情况给赵理践说了。

我也哭着把鸽子的事情给赵理践说了。

赵理践皱着眉头听我们说完，他一时没有说话。后来他拍拍我，叫我别哭，赶紧回家去。

我就回家了。

山水沟街上发生的事传得快，没过多久他们都跑来看我。

二老扁是第一个来的。

他一进门就大呼小叫，说："哇，海子你厉害，山水沟街还没敢给郭一刀瞪眼的，你胆儿够肥的你……"

徐小杰也来了。

"海子你可真牛！"他一进门就给我跷大拇指。他从口袋里掏出军棋，说："来，海子，咱俩下军棋，我告诉你怎么用炸弹……"

鸭子徐善明也来看我。

他捧来一罐杏仁咸菜，叫我喝稀饭的时候就着吃，说："可好吃呢，起码多吃一个窝头！"

二米也来了。

二米一进门就给我胸脯上来了一拳头，打得我一趔趄。

"还真看不出来呀海子，"二米说，"就觉得你是好学生，是老师亲生的，没想到敢跟郭一刀来真格的！"

"不是……"我说。

"要不这样吧海子，"二米不等我把话说完，

"你也别再想那俩鸽子了，我的凤头快下蛋了，等蛋孵出来，我就把小鸽子给你。其实吧，我的凤头比两头乌好上十倍……"

凤头是二米很喜欢的一对鸽子，它们头上支棱着一撮羽毛，看上去像绽放的菊花，十分好看。可是我才不想要凤头呢，我就想我的黑小白和白小黑！

晚上我妈下班回来。

她也听说了我的事情，她的脸拉得很长，把包一放下就数落我，说："多危险，你怎么能惹郭一刀？"

"谁叫他抢我鸽子！"我说。

我妈看了我一眼，摇摇头。

"看你搞的海子，以后买不到肥肉了，肥肉买不到了……"她做饭的时候不停地这么嘟囔。

当天晚上，发生了一件叫我根本想不到的

事情。

刚吃完晚饭，天还没黑，我听到外面有人叫我。

是个大人的声音。

我想这是谁呢？

我出去一看，是赵理践，他站在装蜂窝煤的地排车前面，笑眯眯地朝我招手。

我走过去。

赵理践手里拿着装午饭用的那个花布兜，花布兜里鼓鼓囊囊的，他叫我猜里面装的是什么。

我这会儿可没心思猜，就摇摇头。

"哈，"赵理践笑着说，"喏，给你！"

他把布兜递给我。

我接过来。

那个布兜里面有东西在动。

我心里咯噔一跳。

我出去一看，是赵理践，他站在装蜂窝煤的地排车前面，笑眯眯地朝我招手。

　　我走过去。

我赶紧打开布兜。

知道我看到什么了吗？

两只鸽子！

我的黑小白和白小黑！

我简直乐疯了！

"高兴了吧？"赵理践对我说，他刮我一下鼻子，"刚才哭得稀里哗啦的，像个傻小子！"

我不好意思地笑笑。

"不过呢，"赵理践口气严肃起来，"昨天要不是你滑了手事情怕就大了……到底是个孩子，一点儿不知道轻重！"赵理践戳戳我的额头，"以后做事要长脑子，别叫你爸你妈操心，听到没？"

我点点头，说："嗯。"

我突然想到一个问题，就问："郭一刀怎么会把鸽子给你？"

赵理践并没有回答。"对了……"他回转身，从地排车上拿下一个油乎乎的纸包，递给我。

赵理践示意我打开。

我打开一看，居然是一小块猪肝！

"郭一刀叫给你的！"赵理践笑着说，"回去叫你妈给你炒了吃！"

"为什么？"我大惑不解，"到底怎么回事……"

"有空再给你说！"赵理践朝我摆摆手，拉起地排车就走，"还有两家没送呢，别忘了把兜还我！"

我满腹疑惑地回到家。

我妈正在收拾，她问是谁叫我，我说是赵理践，"喏。"我把布兜里的鸽子给她看。

我妈长长地松了一口气，说："谢天谢地……"

黑小白和白小黑在布兜里使劲挣扎，圆圆的眼睛闪着惊恐的光。

我赶紧把它们从布兜里拿出来。

我捏捏它们的嗉子，瘪瘪的，看来郭一刀根本没喂它们！

我小心翼翼地把它们放到地上。

两个小家伙看上去蔫头耷脑的，身上的毛也少了光泽，站在那里动也不敢动，像两个做了错事的小学生。

我赶紧从碗橱上的瓦罐里抓了一把绿豆，哗啦撒在地上。

我啫啫啫啫地唤它们过来吃好吃的绿豆。

两个小家伙抬头看看我，又看看周围，并没有动。

要搁平常，我妈看见我用绿豆喂鸽子，肯定不愿意，可是她今天一句话都没说。

两个小家伙互相挤挤挨挨，不住地看我，踌躇不前。它们这是受了多大的惊吓呀，该死的郭一刀！我嘴里啫啫啫啫地唤着，向它们招手，鼓励它们，别怕！别怕！现在都好了，都过去了……

黑小白和白小黑终于下了决心似的，互相看了一眼，呀呀呀呀地扑过去，张开翅膀，满地啄绿豆吃。

我好开心呀！

我把那块猪肝给我妈，告诉她是郭一刀给的。

我妈吃了一惊，直摇头。

所有人都不知道究竟发生了什么，为什么不可一世的郭一刀会把鸽子还给我，还搭上一块猪肝。

连我自己都一头雾水！

23
鸽哨悠扬

　　我总觉得这事有点蹊跷，我当时的确是急红了眼，脑袋也懵了，抓到什么抢什么。可郭一刀肯定不至于叫我吓住，乖乖地把鸽子还给我，并且还搭上一块猪肝。我冷静下来还是挺后怕的，我怎么会想到和郭一刀干仗呢？这不是发飙吗？就我这个样子，我低头看看自己的胸脯，简直像郭一刀肉案子上的肋排。我这种干巴鸡，郭一刀动动手指头就把我灭了！可他怎么会这样呢？

这事情实在有些蹊跷。

我还是要找赵理践问清楚。

二米又来找我了。

二米非常惦记那两个小家伙，我觉得他惦记它们的程度一点儿都不亚于我！

经过精心喂养，黑小白和白小黑精神多了，不再像刚回来时那么胆怯了，那么蔫头耷脑了，又敢追着人要东西吃了。身上的羽毛也发亮了，简直像一对站在百货公司货架上的新胶鞋。

二米看了，嘴咧得要多大有多大。

他拍拍我，从口袋里掏出一样东西给我。

哇，原来是一个鸽哨——

一大一小两个竹筒连接在一起，是双音的！

我把鸽哨送到嘴边，扁起嘴巴，使劲吹了一口气。

272

我把鸽哨送到嘴边，扁起嘴巴，使劲吹了一口气。

鸽哨发出悠扬的声音。

二米的鸽子正从我的头顶掠过，昂昂昂昂——

我也吹响鸽哨，昂昂昂昂——

昂昂昂昂——

天上和地上的鸽哨声响成一片，我的心情简直没法形容。

这天我在街上碰到赵理践。

"赵叔！"我叫了一声。

赵理践把车停下来，用毛巾擦脸上的汗。

"我问你个事情赵叔！"

我把憋了几天的疑惑给他说了。

赵理践哈哈笑起来，他的牙齿真是白得耀眼啊。

"他怕我给他送不好烧的蜂窝呗！"赵理践轻描淡写地说。

"不好烧的蜂窝？"

我似乎有点明白了。

像郭一刀卖肉，德惠姨卖自行车缝纫机，曲叔看病一样，赵理践虽然是送煤球的，但煤店也有自己的优势。

煤店做蜂窝煤，要往煤末子里掺黄土，黄土掺多掺少有学问，掺少了蜂窝煤容易碎，掺多了又不好烧，黄土掺得刚刚好才好烧，这和二米家做煤饼差不多。

送蜂窝煤也有讲究，蜂窝煤没晾干就给你送去，用的时候就麻烦了，湿的蜂窝煤不好烧不说，说不定还没用就碎了。

郭一刀买蜂窝煤用，他希望买到好烧的煤，买到黄土掺得不多不少，干得像砖头的蜂窝煤，烧他的红烧肉。

郭一刀给赵理践说，你去买肉我给你割肥肉。

赵理践摇摇头说我不吃肉。

他说那我给你留一挂下水，熬冻子可香。

赵理践说我吃素。

郭一刀就没办法了。

不过赵理践公事公办童叟无欺，他也从来没有难为过郭一刀。可这次他看到郭一刀要吃我的鸽子，就气不过了，去找郭一刀。

郭一刀大概想，吃不吃鸽子事小，可要是得罪了送煤球的赵理践，他老给我送掺多了黄土的湿煤，我就倒了八辈子霉啦！

于是郭一刀就把鸽子还给了赵理践。

原来不是没有管郭一刀的，其实有对付郭一刀的炸弹，这颗炸郭司令的炸弹就是赵理践啊！

"这件事情我不能袖手旁观，"赵理践对我说，"你记不记得胡卫华？记不记得他叫我转达给你的话？"

我当然记得！

赵理践拍拍我的肩膀。

"不过呢，"赵理践还给我说，"郭一刀说你小子有种呢！他说这辈子只有你敢跟他抢那什么……"说郭一刀从盆里切了块猪肝，叫捎给我妈做给我吃，说他这辈子就稀罕像我这号的，有种！

可是没过多少天，我妈就请下假来，要去看我弟弟了。她估计这一次去的时间不会太短，不放心我一个人在家，要带我一起去姥姥家。

我虽然不想去，但这种事情是不可能违拗我妈的。

我就把我的鸽子交给二米养了，连鸽子笼一起都搬了过去。

二米很高兴，抱着鸽子笼笑得合不拢嘴。

他叫我放心去，说一定替我好好养着，去多

久都没关系，等它们下了蛋……

我的鸽子在他眼里简直就是下蛋的母鸡！

二米还说，南方的竹子好，回来的时候给他扛一根，他好做鸽哨。

黑小白和白小黑从鸽子笼的小门里露出头来，它们瞪着滴溜溜圆的眼睛看我，似乎还不知道我们要分开。我摸摸它们的脑袋，赶紧走了。

后记

　　我的儿童文学写作和我的职业有关。我1976年从部队退伍后，就到了出版社工作。先学做儿童杂志的编辑。后来又编图书。所在单位开始时是一个出版社文艺编辑室下面的少儿编辑组，然后升成少儿编辑室，最后成了出版社。我编童书有了兴趣，又发现了不足。上世纪八十年代，开始学着写儿童文学，小说和童话都写，也出版了一些作品，现在回过头看不成样子，有悔其少作的感觉，有朋友叫再拿出来，我拒绝了，不想再脸红。因为担任了出版社的领导职务，工作有些忙，又想老老实实扎扎实实做些工作，就把写作放下了。我很感谢这段写作儿童文学的经历，我读了不少有关的书，与不少儿童文学作家成了朋友，逐渐形成了对儿童文学对童书的执念。我把对于儿童文学的喜爱和兴趣，对于由此兴社和为孩子奉献的理念，以及宝贵的资源带到工作里，带给我的同事。我们出版社努力地在儿童文学的田地里耕耘，我们这块田地生机勃勃，作物像拔节一样生长，结出了丰硕的果实。这使我自豪和感恩，感激带给我理想和快乐的儿童文学。

2009 年我调入了作家协会工作。开始有些迷茫，我做了三十多年的童书编辑工作，从此就不能再去做了，有执念而不能，这令我沮丧。但很快就意识到，这是上苍给我的机会，我与儿童文学的缘分没有尽，我不能做编辑工作了，但我可以重新拾起笔来写啊。我记得我是 2010 年 10 月

19 号写了第一个字，因为临近我的生日，所以记得很清楚。

　　恢复创作以后，我一直钻研童话的写作。因为我早期创作时，尝试得最多的是童话写作，我觉得写童话更能满足我对于想象力、对于幽默的抒写欲望。而且，现在比那个时候，有更多的优秀的童话作品给我阅读，有更多的榜样供我学习。童话创作带给我很多的快乐。我恢复写作时年纪有点大了，年纪大有年纪大的弱点，但也有优势，其中之一就是生活给我提供的素材比起年轻的写作朋友来说，似乎是更加丰富一些。所以，我的童话创作里，很多地方是在使用我生活的积累。我有意识地这么做，用这种方式来扬长避短，来提高我的童话作品的辨识度。我们这一代，由于时代的慷慨，生活留给我们的东西太多了，虽然我没在农村生活过，但我通过各种方式对农村生活有了深刻的印象。比方说，我们那个时候学校要组织下乡收麦子、抗旱，要请老人来忆苦思甜讲故事，他们往往讲的都是农村的故事。而我父亲的老家在农村，他定时把我和弟弟赶到乡下去看望住在那里的亲人，弥补他自己缺乏陪伴的不足。我当兵时与农村的接触就更多，从人到环境到生活细节。所以，我的作品里农村的印记很深。我也在城市的各个角落里都做过游走，我的朋友形形色色，我把这些都融入了我的童话里面。

但是我有些不满足了，我还是觉得我应该能够更直接地去写我那些熟悉的生活，加上这段时期来，好些很熟悉的作家朋友，写出了非常棒的描写自己童年的作品，他们也鼓励我写。我认真地阅读了他们的作品，激发起我的想法，于是写了这篇作品。

这是我经历的一段生活，里面所描写的事情

和人物我都非常熟悉，养鸽子的，做煤饼的，捞菜的，做木匠的，甚至那个把指甲搞成那样去挑杏核的，我一动笔，他们都在我的脑海里蹦了出来。那个卖肉的郭一刀，叫我想起我们街上那个卖馄饨的，大家叫他黄胖子，足有三百多斤，在那个年代很少见，因为太重，骑不了自行车，只好骑三轮车。至于买什么东西都要用票，我们这个年龄的人都经历过，都记忆犹新。那时的人们生活在自己的生物链条里，用各自的方式去营造生存的环境。我想说的是，无论生活有多么困难和艰苦，孩子们自有自己的欢乐。他们不但乐在其中，而且，还从他们的父辈那里，从生活的环境里，继承和吸收了善良、友爱、互相帮助、义气、血性，当然也有那个年代不可避免的一些坏毛病，这些往往会跟着一个男孩一辈子。有些东西，离开了那个环境，那个年代，就很难再得到。我生活在那个年代，生活在他们中间，我们缺乏一种精致，缺乏一种浪漫，但我们得到了别的，它帮助我们前行。我现在依然和这些人保持着联系，和他们一起我觉得很快乐。

小说写完后，我给一些朋友看，他们给了我很多鼓励，也提了一些特别中肯的意见。方卫平老师接纳我去著名的红楼专门开了会，研讨这部还没有出书的作品，老师们和专门赶去的朋友热烈发言，九十多岁高龄的蒋风先生还亲自手写了发言稿对作品进行了分析和指教，都叫我十分感动。这些意见都对我进一步修改提供了极大的帮助。山东教育出版社的刘东杰社长、王慧主任和苏文静等有关编辑们也给我各种方便和支持，以使这部作品更加完善。《十月少年文学》的冷林蔚和吴洲星热情地给我机会让作品在杂志上与朋友们见面。赵霞女士百忙之中为这本书撰写序言，两位都是著名画家的老朋友王祖民先生和陈泽新先生分别为书做了精彩的插图和设计……这些都叫我体会到我们儿童文学是多么的热烈而诱人，怪不得我多年前就被她迷住了不愿脱身，这种美丽的友谊浸染着我，鞭策着我一路前行。借此机会，我向这些可爱可敬的朋友表示由衷的感谢！我会好好继续写下去，不辜负大家的厚爱，并且竭尽全力为儿童文学，为童书出版做一些事情。

2018 年 10 月 11 日

关于插画家

　　王祖民，画家、童书编辑。江苏苏州人。曾任《儿童故事画报》主编。喜欢探索各种绘画方式，近几年主要致力于儿童绘本创作。主要作品有《会飞的蛋》《梁山伯与祝英台》《新来的小花豹》《猪八戒吃西瓜》《元宵节》《我是老虎我怕谁》等。绘本《虎丘山》曾获联合国教科文组织"日本野间奖"；《我是老虎我怕谁》入选2016博洛尼亚国际儿童插画展。

王莺，毕业于南京师范大学美术学院。现任江苏经贸职业技术学院艺术设计学院教师。绘制的《丁点儿猫找朋友》获全国"五个一工程"奖。

绘者的话

王祖民

　　和刘海栖社长早在上世纪八九十年代就认识了。

　　那时刘社长在明天出版社，我在江苏少儿出版社。当时的华东六省出版界经常在一起搞活动，开会，一齐出书，故经常接触。而且两家出版社关系特别好，从领导到一般编辑，都处得十分热闹，碰到一起总是嘻嘻哈哈谈出版社的趣事，开开玩笑，当然，书也没少出。

　　山东汉子的刘社长，给人印象是很深刻的，典型的山东人的样子——个子高，豪爽，大气，没有花花肠子，虽也是一社之长，可和我们一般编辑在一起，总也没架子，而且非常尊重我们这些美编。

从小就佩服山东的人，因为那时打胜仗的好像都是说山东方言的解放军，加上后来工作关系接触刘社长，更加和山东同仁处得像兄弟了。

当《有鸽子的夏天》的责任编辑请我和王莺帮忙画内样时，没有任何条件地答应了。这本书很有味道，又是刘社长的大作，当时手上有绘本的工作，但是刘社长的稿子是一定要画的，其他的都可以推掉。虽然时间有点紧，可刘社长的高大形象鼓舞我们，还是全力以赴地完成了。

这是一本描写孩子少年时代之顽皮，表现乐观坚强和善良的故事，他们苦中作乐，顽强地生活，由养鸽子为一条主线，体现出那个时代、那个年龄的风貌，是时代感很强的普通民俗的风景。

　　我们根据内容，决定采用铅笔淡彩加丙烯来制作。人物用线条采取拙拙的处理，基本用水彩铺色，人物线条简单，色彩使其丰富。背景及大场面用丙烯颜色完成，使水彩部分在厚重感的衬托下，有一种轻轻的感觉，表现出孩子们好动、顽皮的个性，同时丙烯的厚重感也体现出那个时代生活的困苦、艰难。画面尽量体现一个小城镇的景象，尽量让刘社长描述的孩子们在一个夏天中、在养鸽子中，完成心灵的升华。

刘社长在我认识的领导和同仁中，极佳，愿意与他相处，有什么话都愿意和他聊，谈事，一齐干活。

你说，这样的朋友、领导、同仁，他的书能不好好地用心地画吗？

认识这样的朋友真好！

希望老刘健康，快乐，永远幽默！

2018 年 11 月 21 日